AF142830

Contact : pierre.dabernat@hotmail.fr

Dans la série

Putain d'oiseau

Copyright : 2021 Pierre Dabernat
Édition : BoD – Books on Demand,
12/14 rond-point des Champs-Élysées, 75008 Paris
Impression : BoD - Books on Demand, Norderstedt, Allemagne
ISBN : 9782322387014
Dépôt légal : Novembre 2021

Pierre Dabernat

Pêche macabre sous le ciel de Biarritz

Polar

Il ne faut plus vous étonner
De tous les morts que vous croisez
De cette violence acharnée
Qui vous prend comme la nausée.
Aujourd'hui c'est la denrée,
Indispensable à la marée,
Des braves gens qui se bousculent
Du matin froid au crépuscule.

Les semeurs de douleurs
Recueil
« L'amour fou ou la mort du fou »

Pierre Dabernat

Il ne pouvait rien faire sans cloper

Le sable était humide. Plus bas, vers les rochers, les vagues mugissantes remontaient à l'assaut. Les rouleaux, immenses, assourdissants, s'écrasaient contre la barrière rocheuse qui protégeait la petite plage.

Albert Rochefort pensa qu'il était trop tôt pour mettre en place sa batterie de cannes de surfcasting. La veille, il n'avait rien attrapé. Il comptait bien, cette nuit, remonter des profondeurs obscures de l'océan quelques loups ou bien une belle dorade d'une cinquantaine de livres. Il tourna le dos au large et sortit une cigarette de son étui qu'il alluma. Il tira une bouffée et regagna la piaule qu'il avait louée à l'hôtel qui se trouvait en face. Il avait casqué deux milles euros pour la semaine. Les bungalows de l'hôtel, « La Felouque », avaient la particularité de donner d'un côté sur l'océan et de l'autre, sur une piscine. Rochefort ne comprenait pas pourquoi, certains préféraient se baigner dans la piscine, avec pour seul décor, le mur de l'hôtel et une haie derrière laquelle étaient cachées les poubelles, alors que l'océan était si proche ? Remonter la plage de sable n'était pas une mince affaire pour Rochefort. Il était obèse ou presque... Il mangeait comme quatre et buvait comme dix... Sans parler de la clope et des femmes. Il était ingénieur et célibataire. La pêche était son sport favori car il n'avait qu'à poser son cul sur sa chaise renforcée et rêver en matant la nuit, en espérant que le grelot au bout de sa canne l'avertisse d'une touche. Soufflant comme un bœuf, il parvint jusqu'à la porte coulissante de la piaule. S'il avait horreur du sable dans les pompes, à l'inverse, il ne supportait pas, de marcher les pieds nus.
Il ôta ses baskets, se déshabilla entièrement, et pénétra dans la chambre. Il se laissa tomber lourdement de tout son poids sur le lit, en écrasant à moitié, le corps dénudé et superbe de sa nouvelle maîtresse.

Celle-ci se réveilla sous le choc de ce plongeon brutal et jeta un juron de protestation. Le spécialiste électronicien, employé sur un ancien tanker, transformé en plate-forme, au large de l'Aquitaine, avait payé cher cette partenaire sexuelle, pour la durée de son congé. Il ne comptait pas donc prendre des gants de velours pour la baiser. Rochefort avait éclusé pas mal de bière durant la journée, du vin à table et continué au cognac qu'il tenait dans sa fiole, dans sa boite à pêche. Il se défoula comme une bourrasque violente. Le coup de tonnerre dura quelques minutes à peine. Ce qui était assez étonnant, c'était qu'un homme aussi ventru, et aussi imbibé d'alcool, aussi essoufflé, ait pu parvenir à ses fins.

Aïcha avait subi l'assaut avec fatalisme et professionnalisme. Elle ne s'affichait pas comme une musulmane traditionnelle, elle était française et vivait comme telle. Sa façon de s'habiller, son comportement lui attirait des réflexions désagréables, des humiliations, de la part de ses concitoyens maghrébins, mais la jeune femme s'en fichait. La provocation faisait partie de son organisation mentale. Tout en remettant de l'ordre sur le lit dévasté, pendant que son amant remettait son caleçon, elle lui dit :

- Tu ne vas pas pêcher ?

- Si ! Je vais y aller. La mer doit être assez haute maintenant. Je reviendrais après l'étale.

- Essaye de ne pas ramener des kilos d'algues comme hier au soir...

- L'océan est plus calme aujourd'hui. Il ne devrait pas y avoir de problème. J'espère que cela va piquer ! ajouta-t-il.

- Je te le souhaite.

- Où est mon pull ? demanda Albert. L'air est frais à cette heure de la nuit.

- Tu l'as emporté tout à l'heure. Il doit être avec ton attirail sur la plage.

Albert avait fini de se rhabiller. Il allait sortir quand Aïcha lui précisa :

- Ferme la porte à clef, mon chéri...

- Pourquoi tu as peur qu'on te viole ? rétorqua l'ingénieur narquois.

- Aussi ridicule que cela puisse paraitre, si je sais la porte ouverte, je ne pourrais pas m'endormir.

- Bon ! Bon ! Comme tu veux... Mais bordel, cesse de dire « mon chéri » comme une femme amoureuse que tu n'es pas. Je sais que si tu couches avec moi c'est pour mon pognon ! En définitive c'est ce qui me plaît, s'exclama-t-il.

Sur cette cynique répartie, Rochefort s'en alla tandis qu'Aïcha se recoucha. Elle marmonna des insultes en arabe et empoigna son oreiller.

Le ciel était parsemé d'une multitude d'étoiles mystérieuses. Le phare de Biarritz, sur la pointe Saint Martin, balayait, par intermittence, le trou noir de l'océan d'un rayon lumineux qui faisait ressortir des éclats d'argent des profondeurs. Albert Rochefort, sa ligne en main, scruta la nuit. Il attendit le passage lumineux du phare, puis, brusquement, comme une ancienne loco, montée en pression, il fonça à petits pas vers l'eau. D'un violent coup de rein, le pêcheur libéra le nylon de son énorme moulinet, emporté par le plomb de cent grammes. Les deux morceaux de calamars filèrent au-dessus des vagues. L'odeur forte de l'appât embauma au passage ses narines. Gêné par l'obscurité, Rochefort n'avait pas vu où était tombé son montage. Mais il connaissait suffisamment ses talents de pêcheur pour savoir qu'il avait réussi son lancer. Il renouvela l'opération pour ses deux autres cannes.

Il ne pouvait rien faire sans cloper. Il avait tout essayé pour arrêter mais sans aucun résultat. Il s'assit sur sa chaise qu'il se traînait depuis des années et qui résistait encore à son poids. Il s'envoya une rasade de cognac, et, avec sa torche puissante, examina l'extrémité des cannes, alignées à plusieurs mètres d'intervalle. Les fils de nylon, tendus par la force du courant, du vent et des vagues, courbaient les scions avec une force constante. Les moulinets étaient libérés, prêts à laisser partir le poisson, dès la première attaque, pour éviter de casser, la hantise du pêcheur.

*

A cinq cent mètres de là, Zineb et Salma se laissèrent glisser dans l'eau noire. Vêtus de combinaisons d'homme-grenouille, ils ne prêtèrent guère d'attention à la froide température de l'eau. Zineb était un malien de belle taille et son torse, large et puissant, ne ressemblait pas à celui de son compagnon, de constitution plus malingre. Salma était un berbère, natif de Moulay Idriss. En taule, aux Beaumettes, il répétait à qui voulait l'entendre, que la sœur du prophète veillait sur lui, depuis le jour où sa mère lui avait essuyé le front avec un mouchoir, imbibé du sang d'un taureau, tailladé au niveau du cou, et que les imams de la ville avaient lâché dans les rues, lors du pèlerinage annuel, qui réunissait les croyants devant le tombeau du saint, enterré au IX° siècle. Il se vantait aussi de ne pas être d'une race bâtarde, comme Zineb qui était, par la couleur de sa peau, un représentant de ces peuples africains, esclaves des pirates arabes, à l'époque où le port d'Essaouira recelait de richesses et de canons.

Les deux compères, avaient suivi différemment le chemin de l'immigration pour se rencontrer, quelques années plus tard, enfermés dans la même cellule. Ils avaient suivi le processus classique de la misère et du racisme qui poussaient ceux, trop fragiles, laxistes et feignants, vers une délinquance de quartier pour dériver, par la suite, vers un statut plus abouti de violence et de délits aggravés. Zineb avait été écroué pour le meurtre d'une octogénaire, sans préméditation, qu'il avait cambriolée et pour d'autres faits de violence sexuelle sur d'autres femmes âgées. Un vrai taré ! Salma, de son côté, avait grandi dans le giron de la drogue. Il avait été longtemps un chauffeur de grosses cylindrées pour remonter du haschich, en provenance

12

du Rif marocain. Il avait été emballé par les poulets dans la cité nord de Marseille, à la suite d'un règlement de compte avec de jeunes dealers. Il avait abattu un gamin de quatorze ans qui marchait sur ses plates-bandes. Un « sauvageon » qui l'avait braqué aux dires de l'avocat commis d'office qui avait plaidé la légitime défense.

En prison, Salma et Zineb avaient lu le Coran et ils avaient embrassé les babouches du radicalisé qui les avaient retournés. L'un avait passé sous les verrous dix ans et l'autre treize.

Au début de l'année, un avocat qu'il n'avait jamais vu, était venu leur annoncer qu'ils pouvaient bénéficier d'une remise de peine, sous certaines conditions. Trop heureux, de sortir de leur trou, ils avaient accepté. D'autant que ce qu'on leur avait proposé rentrait tout à fait dans leurs cordes.

Ils palmèrent calmement entre deux eaux. Ils avaient suivi, la veille, un rapide entrainement afin de gérer l'équipement de plongée, car ils n'avaient jamais fait ça, l'un et l'autre. Zineb évoluait aisément. C'était lui qui tenait le fusil à air comprimé. Salma, moins dégourdi, nageait devant, une torche à la main et un poignard glissé dans un étui le long de son mollet.

*

Soudainement, le grelot tintinnabula. Le moulinet de la canne de gauche se mit à siffler. Rochefort, le cœur battant se leva avec vivacité de sa chaise et jeta sa cigarette qu'il venait juste d'allumer. Sous la violence du choc, la canne s'était pliée en deux. Puis une autre secousse l'ébranla à nouveau. La canne faillit filer dans la flotte. Mais Rochefort l'avait empoignée à temps. Le nylon continuait sa course folle vers le large. Le pêcheur, certain qu'il ne s'agissait pas d'un paquet d'algues mais plutôt d'une attaque d'un véritable monstre, freina son moulinet et entreprit de travailler sa prise. Debout, les jambes campées dans le sable, il commença à rembobiner lentement dans le but de fatiguer le poisson. Sous le coup de l'exaltation il se mit à brailler :

- Toi ! Ma saleté tu dois peser sacrément...

La canne pliait démentiellement. Rochefort avait beau forcer, le nylon patinait. La plage à cet endroit s'enfonçait à plus d'un mètre et, dans un remous, il aperçut soudain une ombre noire énorme.

Il s'écria :

- C'est là que tu es mon salaud !

Il comprit qu'il devait mouiller le pantalon car il ne pourrait jamais ramener un tel poisson sur le sable. Il n'avait rien sur lui pour le crocheter. Jamais il n'aurait imaginé, dans ses rêves les plus tordus, qu'un jour, il serait aux prises avec un bestiau pareil.

C'est peut-être un thon, pourvu qu'il ne me casse pas, pensa-t-il, naïvement.

Tout à coup il l'aperçut. Il était gigantesque. La bête venait de replonger dans l'écume. Une grosse vague submergea Albert et lui fit perdre l'équilibre. Il se redressa dégoulinant, mais il n'avait pas lâché la canne.

- Ce n'est pas un loup ! Ce n'est pas un loup ! cria-t-il encore afin de se galvaniser.

Puis d'un seul coup, la pression cessa et la canne se releva.

- Merde ! Il s'est barré...

La flèche en métal vint se planter dans son bide avec une force inouïe. Il comprit cependant qu'on venait de le tirer comme une baleine. Puis une autre vague l'enveloppa et le roula vers le sable. Echoué, comme un phoque assassiné, le sable ocre à peine rougi par sa blessure, il résista et tenta de se relever. Il n'en eut pas le temps. Salma avait surgi, avec la démarche comique d'un gros canard. Mais un canard meurtrier car il tenait à la main son poignard de plongée. Il sauta sur le dos de Rochefort, lui saisit les cheveux, releva sa tête et d'un geste approprié, il l'égorgea comme un mouton.

Zineb, sous le couvert de la nuit, l'avait rejoint. Au-delà de la plage on entendait de la musique et des verres s'entrechoquant que le barman de la buvette installait sur son plateau. Des rires et des voix de jeunesse firent la nique à la faucheuse qui était venue prendre livraison de l'ingénieur. Le malien dit à son complice :

- Aide-moi, on va rire...

Les deux hommes-grenouilles réajustèrent leur masque et leur tuba, et repartirent dans l'eau en traînant avec eux le cadavre qui se vidait toujours de son sang. A l'abri, à plusieurs mètres de profondeur, ils dénudèrent à grands coups de lame le corps de leur victime, accrochèrent l'énorme trident qui avait perdu ses calamars à sa bouche et regagnèrent la petite crique d'où ils étaient partis, en riant silencieusement, comme des diables, sous leur masque de caoutchouc.

A sept heures du matin, c'était marée basse. Le soleil tardait à se montrer. De lourds nuages gris somnolaient au-dessus de l'océan qui grondait gentiment. La saison démarrait à peine. Le barman, chaque jour, entreprenait de ramasser les canettes de bière et autres bouteilles que certains abandonnaient la nuit sur la plage. La présence de la première canne sur le sable le surprit et il se dit qu'il avait gagné sa journée... Rien que le moulinet valait une petite fortune ! Puis il aperçut la seconde et la troisième qui se baladait beaucoup plus loin sur le sable. Celle-ci avançait, reculait, au gré des vagues qui léchaient le rivage beaucoup plus bas. Le jeune gars comprit qu'il y avait encore un poisson au bout. Quant au pêcheur, il se doutait qui il était et connaissait la descente hors norme que ce mec avait. Aussi, il se contenta de saisir la canne pour ramener le poisson, en pensant que Rochefort éclusait dans son bungalow dans les bras de sa meuf. Heureusement la mer remontait et cela l'aida. Quand il vit le cadavre émerger de l'écume, il sut qu'il avait perdu un très bon client.

C'est sans doute une histoire de drogue

Le jeune lieutenant de la police judiciaire était ennuyé. Face au cadavre de Rochefort, il restait dubitatif. Pendant que le légiste faisait ses premières constations, la résolution de cet acte de barbarie allait être difficile. La plaie béante au cou qui lui souriait d'un sourire macabre et délavé par l'eau salée le laissait perplexe. Mais pas autant que le harpon planté dans son ventre dodu. L'homme était nu. Il avait été dépouillé de ses vêtements. On avait retrouvé son pantalon sur la berge. Il était emberlificoté dans un amas d'algues et de saletés venues du large. A l'évidence, ce n'était pas une bonne affaire pour le groupe d'investigations dont il faisait partie. Son boss, le commandant Leblanc, lui avait donné carte blanche car ils étaient surchargés de boulot. Tu parles d'un bizutage !

Romain Bonhoure était natif de Toulouse. Il était sorti depuis peu de l'école nationale supérieur de l'école des officiers de police à Cannes Ecluse. Après la réussite au concours, il avait fait ses dix-huit mois de formation. Dès sa titularisation, et en compensation, il était dans l'obligation de rester au service de l'état, quatre années, avant d'envisager de changer de métier. Ce qu'il n'avait pas l'intention de faire... Mais quand même, pensa-t-il, il ne s'attendait pas à tomber sur une affaire si complexe dès le début de sa carrière.

La scientifique se pointa. Un technicien mitrailla la scène. Le juge, détaché par le procureur de Biarritz, était en train de se garer sur le parking de l'hôtel. Après une poignée de main et un rapide échange sur la situation, le jeune officier et le juge, qui avait de la bouteille, se séparèrent. Romain attendit que le corps soit emballé et partit en direction de l'hôtel. Il avait déjà vu le barman et cela ne lui avait rien appris. Excepté l'identité de la victime, un dénommé Rochefort. Celui-ci avait loué un bungalow à l'hôtel et sa meuf était un canon. En remontant la plage, Bonhoure se demanda comment l'assassin avait-il fait pour ferrer, comme un poisson, sa victime ?

Le patron était derrière sa caisse enregistreuse. Il leva la tête

16

et regarda le lieutenant par-dessus ses lunettes. Il s'appelait Bob Leborgne. Il avait cinquante-trois ans. Romain hésitait ce qui était peu habituel pour un flic. Sauf que lui débutait. Après les salutations d'usage, il demanda :

- Vous connaissiez la victime, m'a dit votre employé.
- Oui, il avait loué un bungalow pour une huitaine de jours.
- Il était marié ?
- Je ne crois pas... Mais il y avait une jeune femme avec lui... Elle dînait le soir en sa compagnie... Le matin, elle fichait le camp. Beaucoup plus jeune que lui et différente...
- Vous voulez dire quoi par-là ?
- C'était une arabe. Au demeurant très sexy. Pas comme celles qui portent ce foutu foulard, si vous voyez ce que je veux dire...

Le jeune officier voyait très bien et il évita de s'aventurer sur ce terrain. Il poursuivit :
- Vous connaissez son identité ?
- Non !
- Et hier soir vous l'avez vue ?
- Oui. Elle a dîné avec monsieur Rochefort. J'avais remarqué que leur discussion était très limitée. Généralement, elle s'en allait ensuite au bungalow et lui passait une partie de la nuit à pêcher. C'est ce qui s'est passé hier soir.
- Que faisait votre client dans la journée ?
- Il se levait tard. Ensuite, il déjeunait, prenait dans la foulée l'apéritif et il était le premier à mettre les pieds sous la table... Un sacré appétit ! Après, il faisait la sieste dans son bungalow et, au milieu d'après-midi, il rappliquait et recommençait à se taper des bières jusqu'au retour de la poupée.
- De vraies vacances en sorte !
- Si on peut dire, ponctua le patron.
- J'imagine que la fille n'est plus là ?
- Elle est montée dans son Austin vers les sept heures.
- Le corps a été découvert une demi-heure après... Elle est partie sans s'inquiéter de l'absence de son ami ? Elle avait

17

l'habitude de s'en aller si tôt ?
- Non ! D'habitude elle filait vers les neuf heures.

Romain demanda les clefs du studio et laissa le patron pour aller le fouiller. Il longea la belle eau turquoise du bassin, au fond duquel un robot s'activait La chambre à coucher était défaite. Les draps étaient retournés. La couette en boule sur le lit. La salle de bain était nickel. Il lorgna dans la poubelle mais il n'y avait rien. Bob Leborgne n'avait pas pu résister à la curiosité. Il avait rejoint Romain.
- Vous pensez qu'elle y est pour quelque chose ? questionna-t-il, à brûle pourpoint.
- Non je ne pense pas. L'assassin a opéré d'une façon assez particulière.
- Comment cela ?
- Je ne peux pas vous en dire plus. Vous pouvez me décrire mieux la fille ? Je dois la retrouver...
- Jeune, jolie, effrontée, et bronzée. Avec un cul de première s'empêcha-t-il de préciser.

Le portable du lieutenant Bonhoure se mit à vibrer. Une voix résonna dans la pièce car le son était au maxi. Le commissaire divisionnaire était furax. Bob Leborgne ne perdit pas un mot de la conversation.
- Je viens d'être prévenu par le procureur. Qu'est-ce que c'est que cette histoire de cadavre au bout d'une ligne ? Où en êtes-vous ?
- Bien, j'avance monsieur... J'ai établi qu'il avait une jeune maîtresse. J'ai son signalement et je pense que...
- Il faut en savoir plus sur ce type.... Allez grouillez-vous lieutenant et tâchez de trouver une explication à ce méli-mélo avant que les médias en fassent leurs choux gras. Je n'ai pas envie que les parigots viennent nous faire chier chez nous.

Romain raccrocha. Les nouvelles circulaient vite ce matin. Il se demanda qui avait bien pu avertir le directeur. Il n'y avait pas encore une heure que le corps du mec avait été découvert. Ce n'était certainement pas son commandant qui l'avait fait. Les deux hommes ne se saquaient pas. La mauvaise humeur de son supérieur devint la sienne. Il rejoignit sa voiture et téléphona au commissariat, au trois rue Barthou, à Biarritz.

Rochefort se prénommait Albert. Il avait cinquante-deux ans et il était ingénieur électronicien. Il habitait à Bayonne depuis deux ans et il était célibataire. Il avait passé plus de vingt ans chez Total. Il avait démissionné pour un nouveau poste dans une autre firme. Une société pétrolière française où Total avait cependant des actions mais n'était pas majoritaire. Rochefort avait été affecté, depuis sa mise en œuvre, à une plate-forme pétrolière flottante qui tirait l'or noir à plus de 4000 mètres de profondeur, au large des côtes française. Cette nouvelle plate-forme avait la particularité d'être un ancien tanker. Total avait déjà utilisé la même technique au large de l'Angola. Ce tanker réaménagé, pouvait stocker dans ses soutes plus d'un million de barils brut, c'est-à-dire de quoi alimenter un pétrolier tous les dix jours.

Le jeune lieutenant démarra. La prochaine étape était d'aller fouiller l'appartement à Bayonne.

La perquisition eut lieu au milieu de l'après-midi. Romain était accompagné par des fonctionnaires en uniforme. Ils y trouvèrent une femme de ménage qui possédait les clefs et qui passait l'aspirateur. C'était un vaste appartement qui donnait sur l'Adour. Il était meublé luxueusement. Ils trouvèrent un ordinateur Apple qui fut saisi. Romain, en feuilletant l'agenda de Rochefort, dénicha un numéro de téléphone et un prénom, une certaine Aïcha... Il eut l'intuition que cette fille-là pouvait être celle du bungalow. Il fit son numéro. La voix féminine qui lui répondit était celle de la jeunesse. Elle accepta de le voir et lui donna son adresse. Elle logeait à Anglet.

Quand le carillon de son coquet appartement, face à l'océan, retentit, elle quitta la terrasse où elle faisait du rangement en prévision de la pluie qui était annoncée. Le policier désirait lui parler de Rochefort. Aïcha ouvrit la porte. Elle referma vite l'échancrure de son déshabillé diaphane noir qui avait dévoilé un corps superbe, au jeune homme, brun, les cheveux rasés au niveau de la nuque, avec une veste en lin étriquée sur un blue-jean, les yeux clairs dans un visage bronzé, rectangulaire d'un superman méditerranéen, qui se tenait sur le palier.

- Mademoiselle Osman ? je présume, dit Romain.
- Oui c'est moi ! Excusez ma tenue mais j'allais sortir et je ne suis pas encore prête.
- Comme je vous l'ai dit au téléphone, je suis lieutenant de police et je voudrais vous parler de monsieur Rochefort. On m'a assuré que vous l'avez rejoint tous les soirs, à l'hôtel de la Felouque, depuis cinq jours. Vous confirmez ?
- Oui ! Bien sûr... C'est un ami.
- Votre petit ami ?
- Non lieutenant. Juste un ami...
- Vous savez pourquoi je suis ici ?
- Non ! Mais cela m'inquiète. Qu'a-t-il fait ?
- Rien de répréhensible, si ce n'est qu'on l'a trouvé mort sur la plage, ce matin, juste après votre départ.

Le visage de la fille ne cilla pas d'un millimètre. Sa répartie surprit le jeune flic.
- C'est à cause de la drogue ?
- Quelle drogue ?
- Il en consommait pas mal... Il m'en a proposé mais je ne touche pas à cette merde.
- On n'a rien trouvé chez lui.
- Ah bon ! se contenta-t-elle d'ajouter.

Elle s'installa sur un sofa et invita Romain à faire de même. Le déshabillé s'était ouvert quand elle avait croisé les jambes et le jeune gars n'avait pu s'empêcher de lorgner les cannes de la fille. Les pompes c'était des Moutin. Une blinde.
- Sa mort n'a pas l'air de vous faire de la peine ?
- Je vais être clair ! C'était juste un ami et il me demandait de

20

passer un peu de temps avec lui quand il était en vacances.

- En échange de quoi ? Il vous payait pour avoir des relations avec lui ? Ce n'était guère un Apollon. Vous n'étiez pas trop assortis, n'est-ce-pas ?

- Ne soyez pas vulgaire.

- Dites-moi... que faites-vous dans la vie, mademoiselle ?

- Rien ! Je suis au chômage...

- Ok c'est bon. J'ai compris.

- A la bonne heure lieutenant. Vous voulez savoir autre chose ?

- Oui ! Racontez-moi votre soirée.

- Je l'ai rejoint comme chaque soir à dix-neuf heures. On a dîné, du poisson, puis il est allé pêcher et j'ai regardé la télé dans la chambre.

- C'est tout ?

- Non ! Je me suis endormie. Puis il est arrivé, il m'a baisée, et il est repartit vers la plage. Je ne l'ai plus revu.

- Pourquoi êtes-vous parti plus tôt que d'habitude ? Et cela ne vous a pas inquiété qu'il ne soit pas là à votre réveil ?

- A vrai dire, lieutenant, j'étais même plutôt soulagée qu'il ne soit pas là. D'ordinaire, le matin, je repassais à la casserole ! Alors quand j'ai vu qu'il était absent, je me suis barrée pour éviter qu'il ne me tombe dessus.

- D'accord ! Je vois très bien maintenant.

- Il est clamsé comment ? Il s'est noyé ?

- Certainement assassiné. Mais je ne peux rien vous révéler de plus.

- C'est sans doute une histoire de drogue...

- Si vous le dites, mademoiselle...

Le policer débutant prit congé et il demanda à la jeune femme, suivant la formule consacrée, de rester à la disposition de la justice. En remontant dans sa caisse, il était assez fier de sa prestation. Dès qu'elle eut refermé la porte, Aïcha alluma une cigarette blonde et retourna sur sa terrasse. La première goutte s'écrasa sur sa main. Le nuage sombre sur l'océan fonçait vers la ville. Elle se dépêcha de terminer son rangement.

Désolé ! Mais revenez plus tard

Le train arriva en gare. Sallaberry descendit le marchepied le premier et empoigna son imposante valise à roulettes. Il avait trente-huit ans et cela faisait dix plombes qu'il n'avait pas mis les pieds au pays basque. Le pays de son grand-père paternel. Il parlait un peu la langue du pays. Une langue apprise tout jeune ne s'oubliait pas.

L'espace d'un éclair, il revit le jardin forêt vierge, et la maison en haut de la colline qui dominait la vaste étendue de l'océan. Il effaça ces images lointaines et nostalgiques... Les grands-parents étaient décédés, la maison familiale avait été vendue, ses parents avaient divorcé et vivaient à Paris, en se tirant la gueule. Lui faisait partie de la criminelle du 36. Pas celui de l'ex-quai des Orfèvres, mais celui de la rue du Bastion... Un crime dont le mode opératoire était passablement curieux était remonté jusqu'à certaines oreilles parisiennes. On l'envoyait aux nouvelles, justement à cause de son profil, d'enfant du pays. Ses chefs connaissaient bien l'antagonisme qui opposait les basques aux parisiens.

Dehors il pleuvait à verse. Il pesta car il avait laissé le soleil à la capitale et avait oublié combien la région était humide. Il remonta le col de son blouson et fit la queue dans la file des taxis. Sallaberry était un gaillard d'un mètre quatre-vingt-cinq, brun, qui affichait un sourire conquérant quand il croisait une femme qui lui plaisait. Il avait été marié deux ans puis il avait renoncé à la vie de famille. Il était trop occupé avec les sites de rencontres dont il était devenu accroc.

Au commissariat, il rencontra le directeur qui l'accueillit avec froideur. Mais quand il apprit que le capitaine était un enfant du pays, il se radoucit quelque peu. Il le conduisit jusqu'au bureau du groupe où bossait le lieutenant Bonhoure.

- C'est un jeune ! précisa-t-il. Il sera ravi de l'aide que vous allez lui apporter. Je crois qu'il patauge un peu...

Sallaberry ne rétorqua pas. Il se souvint de sa première enquête et cela n'avait pas été une réussite. Le lieutenant Bonhoure lui secoua la main et lui dit :

- Je vous souhaite la bienvenue capitaine. Bien content de votre présence. Je pense avoir bien avancé... C'est une affaire de drogue.

- Comment cela ?

- On a trouvé un peu plus de cent gramme de cocaïne dans sa voiture. Nous avons aussi un témoin qui nous affirme qu'il trafiquait. Une jeune maghrébine qui vit de ses charmes, en toute discrétion.

- Elle s'appelle comment cette houri ?

- Aïcha Osman. Mais elle n'y est pour rien.

- Pourquoi ?

- On suppose que Rochefort a été tué par un homme venu de l'océan. Il devait posséder un équipement de plongée. D'où le harpon qui l'a tué.

- Et la blessure au cou ?

- Il l'a achevé !

- Ou bien, il y avait un complice. Cette méthode d'égorger un homme est particulière, n'est-ce-pas ? Le cadavre pesait plus de cent-vingt kilos. Pour le tirer avec la marée montante, puis le faire descendre au fond de l'eau pour le déshabiller, un seul homme n'y aurait pas suffi. J'ai lu attentivement le dossier. A mon avis il y avait deux assaillants. Le premier l'a harponné, l'autre l'a égorgé.

- Vous croyez qu'ils l'ont dessapé au fond de l'eau ?

- A mon avis sur la plage s'était risqué. Mais ce ne sont que des suppositions.

- Vous préconisez quoi capitaine ?

- On va surveiller cette Aïcha. Ce n'est pas la peine que j'aille l'interroger pour l'instant. Vous l'avez fait... Si elle cache des trucs on le saura vite.

L'officier parisien quitta le bureau. Devant le commissariat, il demanda aux trois gars d'une voiture qui partait en patrouille, à travers la ville, s'ils pouvaient l'amener jusqu'à son hôtel.

Il rangea méticuleusement ses affaires dans l'armoire de sa chambre, alluma la télé et chercha une chaine musicale pour égayer le lieu. Il s'allongea sur le pieu et regarda s'il avait des messages sur son téléphone portable. Rien d'intéressant. Il était vingt heures et descendit à la salle de restaurant. Dehors, la pluie cognait dur sur les trottoirs. Les rigoles débordaient. La soirée s'annonçait sinistre. Il dîna, monta dans sa piaule et se remit à textoter dans l'espoir de chopper un rendez-vous de dernière minute, avec une femme du coin, qui se faisait autant chier que lui. A la longue, les yeux explosés, à force de lire sur le site « Femmes chaudes », des messages minuscules qui le renvoyaient vers d'autres plateformes payantes pour avoir le privilège de mater des vidéos et des photos, Sallaberry finit par s'endormir comme une masse. Il se réveilla en pleine nuit. Il se déshabilla et se glissa sous les draps.

Au réveil, il ouvrit la fenêtre qui donnait sur la rue Gambetta. Il pleuvait encore mais avec moins de force. Des passants, il ne voyait que leurs pébroques. En majorité noirs, il y en avait quelques-uns de couleurs qui trottinaient d'un pas pressé sur le trottoir pour s'engouffrer dans les boutiques de fringues qui ouvraient à peine leurs portes. L'hôtel Cosmopolitan était à deux cents mètres de la plage, à proximité du Casino Barrière. Cela avait été un choix stratégique car il avait l'intention de joindre l'utile à l'agréable en allant passer un peu de temps à la table de poker.

Au commissariat, il retrouva le jeune Bonhoure. Celui-ci avait passé une partie de la nuit à planquer avec un coéquipier dans un sous-marin, devant l'immeuble d'Aïcha. Le juge n'avait pas autorisé d'écoute téléphonique. Il n'était pas encore établi que cela pouvait être qu'une simple affaire de drogue. Albert Rochefort avait occupé un poste important, à la Défense, chez Total, et il avait démissionné pour un simple job d'ingénieur, sur une plateforme, comme au début de sa carrière. Il avait eu la nostalgie du terrain, supposa le capitaine, en se prenant un café à la machine du couloir. Certains, au ministère de la place

Beauvau, s'inquiétaient plus que de coutume.

En début d'après-midi, Sallaberry rejoignit le sous-marin. Le coéquipier du lieutenant s'en alla. Il avait fait son temps pour la journée. Après une accalmie, la pluie avait recommencé à tambouriner des airs saccadés sur la toiture du camion. La nuit tombait. La jeune femme n'avait pas mis le nez dehors une seule fois. Soit, elle se méfiait, soit, elle ne pouvait pas piffer la pluie. Ou bien alors, elle n'avait pas de parapluie, plaisanta le capitaine qui commençait à en avoir plus que marre de poirauter pour rien.

Soudain un homme entra dans l'immeuble. Il n'y avait pas de digicode. Les deux policiers n'avaient pas pu voir son visage. Il avait un imperméable, le col relevé, et le grand parapluie qu'il tenait cachait la moitié de son corps.

- Putain de pluie ! cracha le lieutenant avec son appareil photo rendu inutile ou presque.

- Tu crois qu'il se rend chez la gonzesse ?

- Il y a quatre appartements dans ce collectif. Un est vide, il appartient à des Bordelais, l'autre c'est un couple de vieux et le dernier, c'est un jeune ménage avec un chiar de trois ans.

- On va aller voir. Tant pis ! Il faut qu'on se bouge...

La promiscuité du sous-marin avait permis aux deux flics de mieux se connaître. Ils y étaient entrés en se vouvoyant et ils en ressortaient en se tutoyant.

La fine équipe attendit un bon petit quart d'heure avant de monter au dernier étage. C'était là que résidait Aïcha et c'était elle qui possédait la plus belle terrasse. Pour une chômeuse, elle avait de la tune, la petite dame ! avait dit Sallaberry en sortant de la camionnette cradingue.

Ils montèrent à pied en évitant l'ascenseur. Bonhoure appuya sur la sonnette et le joli carillon sonna de l'autre côté. La porte s'ouvrit. Aïcha fut surprise de voir ces deux hommes. Elle connaissait le lieutenant et elle comprit que l'autre type était aussi de la police. Elle portait une mini-jupe sombre, un pull-over en cachemire rose, qui mettait en valeur sa plastique. Elle était toujours quillée sur ses escarpins de bourgeoise. Remise de son étonnement, elle demanda ce qu'ils désiraient... Mais sans leur ouvrir la porte. Elle avait encore la chaine de sécurité.

- On aimerait vous parler, annonça le capitaine.

- Oui ! Avec plaisir... Mais voulez-vous repasser un peu plus tard. Je suis pressé et je dois m'en aller.

- Il n'y en a pour une minute, insista aimablement Bonhoure qui avait un faible pour cette beauté ;

- Désolé messieurs ! Mais je ne peux pas...

- Vous avez un client c'est ça ? s'énerva le basque qui n'avait pas l'habitude de prendre des gants avec des mômes de ce genre. Allez ! On veut juste vous parler. Le type n'a qu'à rester dans la chambre.

- Désolé ! Mais revenez plus tard.

La porte leur claqua au nez.

- Merde ! Cette petite pute commence à nous emmerder, jeta le capitaine.

- Ouais ! Mais elle a raison. Légalement on n'a pas le droit de forcer sa porte. On n'a qu'à retourner au sous-marin. Quand l'inconnu à l'imperméable sortira, on l'accostera. Manière de vérifier son identité.

Ils patientèrent jusqu'à vingt-deux heures. Ils s'étaient enfilés des sandwiches et du rosé tiède et ils commençaient à saturer. A la fin, excédés, ils quittèrent le clapier métallique. Comme des cons ils n'avaient pas vu qu'il existait une sortie à vélos qui donnait derrière l'immeuble. Ils montèrent quatre à quatre et tambourinèrent comme des malades à la porte. La mousmée vint leur ouvrir. Elle s'était déloquée et se tenait devant eux dans un pyjama soyeux jaune citron. La veste à peine fermée, on devinait ses jolis nichons qui bougeaient en liberté.

- Vous en avez mis du temps pour revenir !

- Ne te fiches pas de nous. Ton client a filé ! C'est ça ? Écoute ma jolie, rajouta le capitaine. Tu nous dis qui c'est ce mec et on évite que la brigade des meurs et de la financière ne mettent le nez dans tes combines sexuelles.

- Puisque vous le prenez comme ça messieurs, sachez que je ne dirais rien de plus. Vous pouvez dire à vos collègues de se radiner mais je n'ai rien à cacher. Sinon le nom de mes amis... Là-dessus, allez-vous recoucher dans votre camion... Il fait désordre dans le quartier depuis le début de votre planque... Moi j'ai un lit douillet qui m'attend. Bonne nuit !

Elle referma la porte à leur barbe pour la deuxième fois de la journée. Les deux flics s'en allèrent dépités. Ils rangèrent le véhicule dans le garage du commissariat et se séparèrent. Le capitaine, arrivé à proximité de son hôtel, hésita à regagner sa chambre. Il entra dans le premier bar et commanda un double scotch. Il avait besoin de se remonter le moral. Il allongea le pas en direction de la plage pour aller au casino. Il pluviotait. L'océan déversait d'énormes rouleaux sur la plage. Il n'y avait personne sur le sable. Pas un seul pêcheur. Nada ! Il frissonna et ferma son cuir. Au loin, les lumières d'un bateau qui passait au large attira son attention. Il pensa à ce tanker, transformé en plateforme pétrolière, au large de Biarritz. Existait-il un rapport avec ce suceur de pétrole et l'assassinat de Rochefort ? Il tourna les talons et rejoignit le casino. Sallaberry retrouva la forme instinctivement dès qu'il entendit la douce musique des machines à sous. Il patienta vingt minutes avant qu'une place soit libre à la table de poker. Il joua jusqu'à trois heures du matin. Il avait évité le pire. Il avait perdu gros dès le départ puis il s'était refait. Mais il avait de l'expérience et du métier. Quand il eut remis le compteur à zéro ou presque, épuisé, il quitta la table. Il faisait partie des derniers. Les trois autres cessèrent eux aussi de jouer. Avant de sortir, ils se trouvèrent tous au bar pour un dernier verre. Parmi les joueurs il y avait une femme. Une rombière d'une soixantaine d'années, qui avait pas mal perdu d'oseille mais qui avait l'air de s'en foutre royalement. Elle avait d'énormes bagouzes aux doigts. Il tenta de lui proposer la botte mais il se fit jeter comme un malpropre.

Je m'en tape de la procédure

Alors que le capitaine Vicente Sallaberry faisait son jogging sur la promenade et qu'il reprenait son souffle sur le rocher de la Vierge, au risque de se prendre une douche, tant les vagues tapaient fort, le lieutenant Bonhoure reçut un curieux coup de fil de la part d'Aïcha. Elle lui demandait de venir la rejoindre chez elle, discrètement, et surtout de n'en parler à personne.

Etonné et ravi de cette petite escapade matinale, il acheta des croissants pour ne pas arriver les mains vides. Pourquoi avait-il agi de la sorte ? Il n'en savait rien... Sauf peut-être parce que cette fille lui plaisait. Il était clair aussi qu'elle était une suspecte potentielle et que le terrain était miné. Mais rien ne l'empêchait de déposer à ses pieds de futurs jalons, pour tenter sa chance auprès d'elle, dès que l'enquête serait close.

Il fit sonner le carillon, le cœur battant.

Aïcha vint lui ouvrir. Elle était habillée sobrement, avec un pantalon noir et un large chemisier blanc par-dessus. Les trois premiers boutons étaient déboutonnés et un collier scintillait dans le creux du décolleté.

- Oh ! Vous avez apporté des croissants... Il ne fallait pas. Voulez-vous une tasse de café ?

- Avec plaisir, répondit-il, sans une once d'originalité.

Aïcha apporta un plateau avec deux tasses de café. Elle prit la poche en papier des croissants que le lieutenant avait posée sur la table, s'en saisit d'un et y mordit à pleine dents. Elle lui décocha un sourire enjôleur pour le remercier. Elle aborda de suite le sujet qui lui tenait à cœur. La petite poulette voulait simplement assurer ses arrières.

- Quand vous êtes venus avec votre collègue, je n'ai pas voulu ouvrir pour éviter que vous ne tombiez sur mon ami.

- Vous avez l'air d'avoir beaucoup d'amis, faillit s'étrangler Bonhoure qui croquait à son tour dans le deuxième croissant. Que voulez-vous me dire exactement ?

- Cet ami est très important. Plus haut que votre capitaine ou que votre commandant. Il connaît des gens puissants qui ont la main longue. Ces gens savent récompenser des gens fidèles comme vous.

- Je ne comprends pas...
- Il suffit de me faire confiance... C'est tout ! Je ne peux pas vous en dire plus.

La jeune femme posa son croissant et se rapprocha de son invité. Elle se colla à lui et lui caressa le visage. Puis elle se leva et enleva sa chemise.

- Rhabillez-vous Aïcha je ne peux pas... La procédure vous comprenez...
- Je m'en tape de ta procédure, répondit-elle, d'un air effronté qui en disait long sur ses intentions.

Déjà, la fille faisait maintenant glisser son futal. Elle avait un corps de déesse. Le jeune flic était dans tous ses états. Elle se mit à genou et le déboutonna. Il tenta de résister mais la garce savait y faire avec les jeunots. Elle était experte en fellation mais pas uniquement...

Quand le flicaillon renfila son pantalon, il n'était pas fier. Ses joues étaient en feu. Il alla dans la cuisine, ouvrit le robinet et se remplit un verre d'eau fraîche.

- Et maintenant ? arriva-t-il à formuler.
- Tu reviens me voir chaque fois que tu as en envie. Ce n'est pas plus compliqué. Si tu es mignon, je te dirais qui est mon ami.

Elle éclata de rire et traversa la pièce. Elle ne songeait pas à s'habiller. Elle n'avait que ses talons aux semelles rouges et caractéristique de la griffe célèbre. Il hésitait à quitter la fille et il la dévorait des yeux. Il sentait le désir revenir. Il l'enlaça et elle se laissa faire. Le piège se refermait. Romain la caressa et l'embrassa avec fougue. Aïcha répondit avec un semblant de passion à son baiser. Tout compte fait, pensa-t-elle, ce n'était pas si désagréable de faire tourner en bourrique ce jeune gars. Elle le poussa vers son lit et le fit allonger sur le dos. Puis, elle le chevaucha et s'empala sur le sexe dressé. Cette fois, les dés étaient jetés. Il avait passé le Rubicon de la connerie. D'autant qu'une caméra dans le coin d'une étagère, filmait la scène. Mieux qu'un selfie-sexy !

A dix heure trente, il était de retour au commissariat. Son boss lui demanda où il était passé. Il balbutia une vague réponse et fila dans le bureau d'à côté. Il était mal et content à la fois. Un mélange bizarre d'euphorie et de culpabilité. Cette putain de nana le rendait dingue et il se promit de retourner la voir. En restant prudent, ça pouvait le faire, se dit-il, encore sous le charme de certaines images... Et puis l'enquête allait aboutir. C'était un règlement de compte entre trafiquants... Il y avait cependant une arrière-pensée qui le gênait aux entournures... L'histoire de cet ami important à qui il fallait faire confiance. Un flic sans doute ? Pourquoi pas !
Sallaberry lui tomba dessus... Le capitaine semblait en pleine forme. Tout comme lui mais pour une autre raison.
- Je crois, entama-t-il, qu'il serait bon de refiler l'affaire aux stups. Vous ne croyez pas capitaine ?
- Et que je reparte à Paris sans rien. Fiston tu débloques !
- Bon ! Alors quel est le programme ?
- Toi tu te mets à l'ordinateur et tu creuses la vie de cette fille, la sulfureuse beurette.
- Et vous ?
- Je vais allez me balader. Allez à cet après-midi.

Sans s'en rendre compte, le lieutenant Bonhoure avait repris le vouvoiement. Le capitaine s'en alla. Il avait un rendez-vous important. Dans la le couloir de la préfecture, il rejoignit le procureur. Après les présentations, car ils ne s'étaient jamais rencontrés, ils furent conviés à entrer dans le bureau du préfet. Ils en ressortirent ensemble, dix minutes plus tard. Le temps de prendre connaissance d'instructions qui venaient de très haut. Le haut fonctionnaire de l'état avait utilisé une langue de bois fort appropriée pour les circonstances. Pour résumer, il fallait trouver un coupable, très vite, quitte à sauter quelques étapes procédurales. Cela ne sentait pas bon... Le capitaine salua le procureur et rentra au commissariat. Il lui fallait une voiture. Il devait se rendre au plus tôt au siège de cette jeune société, la COPOLD, dont le siège se trouvait à Pau.

A quatorze heures, il débarquait devant la tour. Il avait réussi à chopper un rencart avec le directeur.

Le bureau de cet hors cadre de l'entreprise pétrolière française était imposant. L'homme d'une cinquantaine d'années ne prit pas la peine de se lever quand le capitaine entra derrière la secrétaire qui s'esquiva aussitôt.

- Je n'ai pas beaucoup de temps à vous accorder.

- Je me doute qu'il est précieux. Comme votre secrétaire a dû vous le dire, j'arrive à l'instant de Biarritz de la part du préfet des Pyrénées Atlantiques, lui-même aux ordres du ministre.

- Allez au fait ! Je sais tout cela.

L'homme n'était pas commode. Dans son costard anthracite, chemise blanche et cravate grise, il était assez impressionnant de sévérité. Mais le flic connaissait ce genre de personnage. Tout n'était que façade et théâtre. Derrière il y avait un type avec des vices comme chacun. Parfois bien pire, car ces mecs avaient le fric pour se les offrir. Sallaberry y alla tout droit :

- Albert Rochefort était un as dans son métier. Je me trompe ? Pourquoi était-il à plein temps sur une plateforme, au lieu de siéger à vos côtés, où il aurait été plus opérationnel ?

- Qui vous dit qu'il n'avait pas sa place ici ?

- La DRH de chez Total nous a donné quelques infos. Il a été, durant cinq ans, le patron des services sécurité sur toutes leurs installations dans le monde. Puis, alors qu'il est au top de sa carrière, il démissionne pour venir bosser chez vous comme un simple ingénieur débutant. Là-dessus, on le retrouve mort sur une plage de la côte basque et avec un paquet de cocaïne dans sa voiture. Alors, je vous pose la question : qu'est-ce qu'il faisait sur ce tanker à près de 300 kilomètres de nos côtes françaises.

- Il était chargé de la sécurité.
- Monsieur, le contraire m'aurait étonné... Pourquoi lui ? Il pouvait superviser d'ici ? Et s'y rendre de temps à autre.
- Non ! C'était le meilleur et on avait besoin de lui là-bas. Bien ! Maintenant, je suis désolé, capitaine mais je dois y aller. Ma secrétaire va vous raccompagner. Bonsoir et bon retour au pays basque.

Le capitaine Sallaberry rumina. Ce zigoto prétentieux, il allait le gratiner aux petits oignons dans le futur rapport qu'il devait remettre en haut lieu à sa hiérarchie. Il avait le sentiment que ce type encravaté cachait quelque chose d'important. L'odeur de pourri continuait à se répandre inexorablement. Seulement, il n'existait aucun point de départ solide. L'attitude d'Aïcha était ambigüe. Il ne la sentait pas. Elle aussi n'était pas claire. Qu'est-ce qu'elle fichait avec un type comme ce Rochefort ? Elle ne possédait pas de site comme les professionnelles qui se respectaient. Elle ne faisait pas le tapin sur les parkings et, à priori, n'avait de maquereau pour la briefer. A quelle occase avait-elle fait la connaissance de l'ingénieur ? Et qui était le mec au parapluie qu'ils avaient vu quand ils planquaient au bas de l'immeuble ?

L'homme appuya sur un bouton. L'esclave en tailleur Chanel fit irruption et elle pria le policier de bien vouloir la suivre. L'entretien avait été décevant. Mais Vicente Sallaberry savait déceler le sens caché des phrases. Rochefort avait une autre mission sur le tanker et ce foutu directeur n'avait nullement l'intention de lui en révéler la teneur.

En sortant du bureau dans le couloir, il demanda à la secrétaire qui le précédait, en tortillant son popotin.

- Comment il s'appelle déjà votre patron ?
- François Rohani.
- Il est de la famille du président de la république d'Iran ?

- Non, monsieur, je ne crois pas...
- En tous les cas il ne ressemble pas à un arabe.

La femme s'arrêta offusquée.
- Mais monsieur Rohani est français !
- Pardon madame ! Je ne voulais pas dire ça.
- Il a fait Polytechnique et il est sorti dans les premiers de sa promotion.

Là-dessus le capitaine se maudit et réalisa que sa gaffe risquait de revenir aux oreilles de ses chefs. Il se retrouva au pied de la tour. Sa caisse était sur le parking. Il alluma une cigarette et la fuma tranquille avant de repartir. A Pau il faisait soleil.
De retour à Biarritz, il se pointa directement rue Barthou. Le lieutenant était devant son écran. Il avait obtenu des infos sur la gazelle.

Elle était née à Marseille et elle y avait passé sa jeunesse. Ses grands-parents étaient originaire d'Istanbul et au lendemain de la guerre mondiale, ils avaient immigré en Allemagne. Le fils était parti faire les saisons dans un pays où le soleil était au rendez-vous et il y était resté en épousant une fille que la famille lui avait choisie. Le couple avait eu une fille et trois garçons. Après avoir passé le bac, au lycée Antoine de Saint-Exupéry, Aïcha avait fait deux ans d'études en psycho puis elle avait abandonné. Elle était partie vivre en Tunisie, où elle avait décroché un contrat dans un hôtel de luxe. Puis l'on perdait sa trace durant deux années. Après, cette période blanche, elle était retournée à la case départ, à Marseille. Elle avait travaillé sept mois dans une boutique de chaussures, puis elle avait été licenciée. Depuis, elle était inscrite à la caisse chômage où elle émargeait régulièrement.
- Pour une fille sans emploi, elle roule avec une Austin dernier modèle, et habite dans un appartement à Anglet face à la mer. Pourquoi diantre n'est-elle pas restée à Marseille ?
- Pour faire la pute, il y a plus de fric à Biarritz, jeta Bonhoure.

- Ce n'est pas faux ! Elle a laissé les frères et aussi la famille de la cité nord. Il y a peut-être une raison qui nous échappe. Tu sais quoi, maintenant que nous en savons un plus sur elle, je vais aller la cuisiner.
- Je peux venir avec vous ?
- Non ! Je préfère la jouer en solo.

Le lieutenant Bonhoure tira une tronche à l'envers qui fit se marrer le capitaine.
- Ne t'inquiètes pas ! Dès que l'enquête sera finie, je retournai à Paname et tu auras la voie de libre... Mais économise, mon gars ! Car tu risques de casquer pour la baiser.

Sallaberry sortit du commissariat... Le ciel qui s'était éclairci ces dernières heures était redevenu chargé de nuages. Un vent violent soulevait les saloperies qui traînaient dans la rue. Une bouteille plastique vide lui atterrît dans les pattes. Il se baissa et s'en saisit pour la foutre dans une poubelle voisine. Soudain, une averse s'abattit sur la ville. Pris au dépourvu, il entra dans les Galeries Lafayette. Il attendit que ça passe mais comme la pluie semblait de pas vouloir cesser, il s'enhardit à sortir et en courant, il gagna le café des sports, le « Georges ». A moitié trempé, il commanda une bière au bar. Il y avait un tas de gens qui avait fait comme lui et qui s'ébrouaient tout autour. Les commentaires sur ce temps de merde allaient bon train... Il en profita pour appeler Aïcha. Elle accepta de le rencontrer mais elle n'était disponible qu'en soirée. Il se donnèrent rendez-vous devant le casino, à vingt heures. Pour une sans emploi, la gazelle était sacrément occupée, pensa-t-il.

Elle éclata de rire

Le café de la Grande Plage était plein à craquer. A tout hasard, Sallaberry avait réservé deux places, à une table, proche de la baie vitrée qui donnait sur l'Océan. Il s'était pointé une heure avant et il avait pris une autre bière qu'il était allé boire dehors, pour pouvoir fumer. La pluie avait cessé et le vent avait faibli. Il y avait encore des surfeurs qui affrontaient avec virtuosité les déferlantes qui s'écrasaient. Le spectacle avait accaparé le policier. Son verre vide, il avait réintégré le café. L'heure du rencard avec la donzelle s'était rapprochée. Le mauvais temps en avait remis une couche. Ici, c'était comme en Bretagne... On pouvait passer de la pluie au soleil, du soleil au vent, du vent au soleil, et revenir à la pluie, tout cela dans la même journée.

Comme toutes les femmes désirables, elle arriva en retard. Un quart d'heure environ. Sallaberry avait eu le temps de picoler un Ricard en attendant.
Aïcha était en beauté. Elle portait une magnifique robe longue, échancrée à mi-cuisse et largement décolletée. Elle avait des seins superbes et c'était sa marque de fabrique ! Séduisante à vous faire avaler de travers, estima le basque. A une table qui était voisine de la leur, un couple avait assisté à l'arrivée de la jeune femme. L'épouse lui avait jeté un œil méprisant tandis que le mari était resté bouche-bée, trop longtemps, pour éviter un autre regard de sa femme, un regard de tueuse.
- Bonsoir ! J'espère que je ne vous ai pas fait trop attendre ? dit-elle, sûre de sa séduction tapageuse.
- Non ! Dans ce cadre magnifique, avec un bon verre, on peut patienter des heures...
- Vous êtes trop gentil ! Car je vous ai forcé un peu la main en vous demandant de m'inviter à manger. Je ne voulais pas que notre entretien ressemble trop à un interrogatoire...
- J'ai accepté ! C'est le principal. Vous voulez boire ?
- Oui du vin !

- Excusez-moi mais... êtes-vous musulmane ? Je veux dire pratiquez-vous la religion ?
- Vous êtes indiscret mais cela doit être votre côté policier de vouloir tout savoir. Non ! J'ai eu une éducation religieuse par mes parents. Mais c'est fini... Je n'ai plus confiance dans le rituel. Je crois en un dieu, mais je ne sais pas à quoi il peut ressembler. S'il est fait de miséricorde ou d'autorité. A vrai dire, je m'en fiche et je tâche de profiter de la vie, avant d'être une vieille femme décrépite.

Cette profession de foi surprit Sallaberry mais il évita le sujet et revint à ce qui le préoccupait. Sous la table, la cheville du capitaine avait senti un frôlement. Aïcha se rapprochait de sa jambe et il se laissa faire. La discussion reprit en banalités. Il était inutile d'attaquer de front. Une serveuse se présenta et ils commandèrent des gambas grillées et des dorades au four. Le tout accompagné d'un vin du pays, un Xuri, vin blanc sec du Piémont Pyrénéen.
Pour ne pas gâcher l'ambiance de ce tête-à-tête qui n'était pas prévu, Sallaberry attendit la fin du dessert pour attaquer.
- Vous vous doutez bien que nous avons enquêté sur vous...
- Ah ! Vous vous lancez enfin capitaine ! rétorqua-t-elle, en essuyant le coin de sa bouche du revers de sa serviette. Y a-t-il des choses que vous ignorez sur ma vie et que vous aimeriez savoir ?
- Qu'avez-vous fait après votre séjour en Tunisie ? On a perdu toute trace de vous. A croire que vous vous êtes volatilisée !
- C'est normal cher ami. J'ai rompu mon contrat avec l'hôtel car je suis partie avec un client. J'ai vécu deux ans avec lui. Il était riche et j'ai donc cessé de travailler. C'est la raison pour laquelle vous avez perdu ma trace. J'étais en Grèce. Mon ami était un homme d'affaire et nous avons vécu ces deux ans sur son yacht, à faire le tour de la Méditerranée.
- Et vous avez quitté cette poule aux œufs d'or.
- C'était plutôt un coq... Mais il s'est lassé de la petite brune sexy. Il a préféré une blonde arrivée tout droit de Copenhague.

Il m'a larguée sur le port de Marseille.
- Et comment avez-vous pu vous offrir l'appartement face à l'océan, à Anglet, et cette belle auto, flambante neuve ?

Aïcha perdit le sourire. Sallaberry crut que la belle confiance qui s'était établie entre eux aller s'envoler. Au cours du repas, il avait même osé rêver à une fin de nuit particulière. Obsédé par le manque de femme à mettre dans son lit, il avait moins de scrupule que son lieutenant débutant. La poulette, avala la dernière gorgée de son verre de blanc et retrouva le sourire.
- C'est sur le bateau que j'ai compris que je pouvais faire cracher au bassinet ceux qui avaient du pognon.

Au cours du repas, le capitaine avait vu comment parfois, son vocabulaire du quartier de son enfance, remontait à la surface, et supplantait les paroles policées dont elle usait. Elle ajouta après un instant d'hésitation :
- Ce mec m'a très vite gonflée mais j'étais coincée sur son rafiot. Alors j'ai joué le jeu et me suis débrouillée pour qu'il me fasse un cadeau en échange de mes prestations.
- Il a payé l'appartement. C'est ça ce que vous me dites ?
- Pour lui, trois-cent-cinquante mille euros c'était que dalle !
- Et depuis vous continuez dans ce business. Et l'Austin, c'est lui aussi ?
- Non c'est le crédit !
- Vous avez un crédit vous ?
- Les concessionnaires ne sont jamais regardant pour vous fourguer leur voiture. Vous avez quoi vous ?
- Rien ! Je vis à Paris. Je prends le métro et pour le boulot j'ai une bagnole de service. Avec même un gyrophare.
- La classe ! s'exclama-t-elle. Et si nous allions boire un verre à la boite du casino Barrière ?
- Pourquoi pas !

Le basque exilé à Paname, régla l'addition. Aïcha était debout, une cigarette à la main. Ils sortirent pour fumer.

La musique était trop forte mais c'était une boite de nuit et le capitaine avait perdu l'habitude d'y aller. Ceux des mœurs les fréquentaient plus régulièrement. Certains collègues y avaient même leur quartier général. Sallaberry sirotait un vieux rhum et matait la gazelle du quartier nord de Marseille. Elle avait le diable au corps, se dit-il, sous l'emprise d'un début d'ivresse. Au milieu de la piste, la jeune femme, se livra à une véritable exhibition de danse langoureuse. Consciente des dizaines de regards posés sur sa croupe, sur son déhanchement sexuel, sur le décolleté ouvert, sur sa cuisse qui repoussait l'échancrure de la robe, la beurette était à son affaire. Aïcha, aimait se sentir désirer. Puis le disque joker, changea de musique et passa à un autre rythme. Celui du Maghreb. Il avait vu la fille et il savait qui elle était. Aïcha, comprit où le gars voulait en venir. Elle lui fit un signe et il répondit avec le pouce qu'il était OK. La danse du ventre qu'elle proposa coupa le souffle à la plupart des hommes qui l'entouraient. La prestation dura un moment. Puis, épuisé, dégoulinante de sueur, elle rejoignit Sallaberry et lui prit le verre de rhum qu'elle vida d'un trait. Le basque prit la bouteille qu'il avait achetée et se resservit.
- Merde ! Ma belle... Tu as appris à faire ça où ?

Elle éclata de rire.
- A l'école. J'ai pris des cours de danse orientale quand j'étais adolescente. Ce n'est pas plus compliqué que cela. Je n'ai pas été danseuse du ventre dans un bouiboui à Tanger. Désolé !

Puis la musique changea. La clientèle du casino n'était pas toute jeune. C'était un slow qui débutait. Rain and Tears des Aphrodit's child, avec la voix magique de Demis Roussos. Un tube de 1968.
- J'adore cet air... Viens danser ! commanda-t-elle, en passant direct au tutoiement.

Le capitaine se leva et il tituba légèrement... Il avait pas mal entamé la bouteille de rhum. Mais il avait une bonne descente et il n'avait pas atteint ses limites. Complètement ligoté par le charme de la fille, il se laissa entraîner vers la piste de danse où déjà les couples s'étaient formés. Les effluves du parfum lourd de la jeune femme se mélangeaient à la forte odeur de sa transpiration. Il avait son haleine aromatisée par le rhum sur le visage, lorsqu'elle respirait.

Il la serra contre lui et sentit son désir monter brusquement. Son corps était chaud et mouvant. La garce savait comment faire avec les hommes. Il posa sa main sur la nuque de la fille. Elle transpirait encore... Il lui caressa le dos... La robe était trempée. De l'autre main, il tenta de saisir un sein mais Aïcha recula et posa un doigt sur ses lèvres afin de le calmer. Elle lui souffla à l'oreille :

- Nous ne sommes pas dans une boite échangiste !

Il la dépassait largement. Il passa les doigts dans ses cheveux aux reflets de henné. Elle leva la tête et le regarda dans le fond des yeux. Le basque ressentait une force irrépressible qui le poussait à embrasser ces lèvres gourmandes, impudiques, et qui semblaient vouloir s'offrir à lui.

Le baiser dura longtemps. Puis elle le repoussa encore afin de réduire à nouveau ses ardeurs. Le policier français avait perdu toute retenue. Il était à point.

- Viens ! dit-elle. Allons-nous promener dehors. Il commence à faire chaud ici.

Vicente ramena la bouteille au bar et le barman la lui mit de côté pour le lendemain. Il l'avait casqué une fortune !

Aïcha lui prit la main et ils allèrent sur la promenade. Il faisait bon. Le temps avait encore changé... Il était presque minuit. C'était un jour de semaine. Il n'y avait pas de monde. Les surfeurs avaient rangé les planches. Des jeunes gars traînaient sur la promenade et se tapaient des canettes de bières. La lune était cachée quelque part et le ciel était partiellement étoilé. On ne distinguait pas l'océan car il faisait trop sombre. On ne faisait qu'entendre son roulement puissant.

- Pour la pêche c'est l'heure idéale, annonça le capitaine qui reprenait des couleurs, face au large.
- Tu penses à Rochefort ? répondit-elle, en se serrant contre lui.
- Oui ! Ce type a eu une drôle de mort ! Au fait, tu ne m'as pas raconté comment tu l'avais rencontré ? Je me demande s'il a eu le temps de voir son assassin surgir de l'eau, tel un mauvais sujet de Neptune.
- Tu as raison. C'est ce qui s'est sans doute passé...

Elle n'avait pas répondu à la première question et cela avait échappé au flic à cause de l'alcool. Il surenchérit en voulant suivre le fil de son raisonnement :
- Je me demande s'il se savait en danger. Tu n'as pas remarqué un changement dans son comportement ? Je donnerais cher pour savoir ce qui se trame sur ce foutu tanker !
- Mais pour la drogue ? demanda-t-elle, en laissant sa phrase en suspens.
- A mon avis, il avait assez de pognon pour ne pas toucher à ce genre de trafic. C'est quelqu'un qui la mise dans sa caisse pour nous conduire sur une fausse piste.
- Alors on l'a tué pourquoi ? insista-t-elle ?
- Il devait connaître le fin mot de l'histoire de la plateforme. Il devait représenter un danger pour eux. Tu savais qu'il était un ponte de la sécurité chez Total avant d'être muté là-bas ?
- Non ! Allez viens j'ai envie de me balader sur le sable.

Aïcha enleva ses Moutin et perdit dix centimètres. Il la suivit comme un toutou. Quand ils furent proche des vagues, le sable était dur et humide. L'océan n'avait pas entamé sa remontée. La jeune femme posa ses chaussures avec soins et elle ôta sa robe. Elle n'avait qu'un string.
- On va se baigner, dit-elle !
- Tu es folle... Tu as vu la température de l'eau ?

Il s'approcha d'elle et la prit dans ses bras. Il l'embrassa avec

violence. Il n'en pouvait plus. Ils roulèrent sur le sable et il se dévêtit son tour. Lui par contre fit voler son caleçon pressé de lui faire l'amour. Elle s'allongea sur le dos et l'attira sur elle.
– Ils s'embrassèrent encore, puis la jeune femme tourna le visage sur le côté. Vicente cherchait à la pénétrer.
- Vas-y ! Balance ton coup...

Ce ton grossier n'étonna point Sallaberry. Il n'était plus en mesure de penser. Seulement, il n'eut pas le temps de prouver son ardeur à sa belle partenaire. Un violent coup de matraque l'avait envoyé directement au septième ciel.
L'officier de police ne sut jamais que la jeunette qui semblait si inoffensive, s'était adressée à un homme-grenouille qui, tel un reptile, avait surgi de l'eau, pour fondre sur sa proie. Le malabar n'eut aucun mal à tirer le capitaine inanimé jusqu'à l'eau. Il ne resta plus que la trace du corps sur le sable. Bientôt, la marée allait tout effacer.

Aïcha remit sa robe noire, récupéra ses Moutin, ouvrit son sac et prit une cigarette. Elle resta longtemps, immobile, songeuse, à écouter l'océan. Elle récupéra les vêtements du flic dans une poche en plastique, puis elle alluma la cigarette, fit demi-tour et entreprit de traverser la plage. Devant elle, les lumières du restaurant et celles du Casino illuminaient la nuit.

Les deux sagouins reprenaient pieds

- Bien joué ! Où es ton copain ? demanda Aïcha.
- Il est là-bas, répondit Salma, en pointant le doigt vers le débarcadère.
- Vous avez un endroit pour l'enfermer dans cette baraque ?
- Ne vous inquiétez-pas mademoiselle Osman, tout est prévu. La maison appartient à quelqu'un d'important qui est de votre côté.
- Comment va-t-il ?
- Il est toujours inconscient. Zineb a eu la main lourde, dit-il laconique. Il a morflé le keuf... Il est attaché dans le zodiac.

Malgré la nuit, on discernait, plus bas, la petite crique où ils avaient abordé. La demeure était bâtie sur un piton rocheux. Un escalier, taillé dans le rocher, permettait d'accéder au port privé. Le vent était violent... Des bourrasques mitraillaient la façade, couverte de lierre, de la vieille demeure. Elle datait et méritait quelques embellissements. A l'intérieur, l'humidité était présente dans toutes les pièces. La plupart des meubles étaient désuets mais certains avaient une certaine valeur.
- Vous ne pouvez-pas le remonter ?
- On préfère qu'il reprenne ses esprits. Il est trop lourd pour qu'on le transporte dans cet escalier. C'est raide !
- Je m'en fiche ! persifla-t-elle. Je ne vais pas passer la nuit dans cet endroit. Je dois m'assurer qu'il sera bien enfermé. Ce sont les consignes. Démerdez-vous pour le réanimer au plus vite. Je crève de froid !

L'arbi se referma. Il avait du mal qu'une femme lui donne des ordres. Ce n'était pas dans sa culture. Il dévala les marches en s'éclairant de sa torche pour ne pas valdinguer dans l'escalier. Le capitaine émergeait mais il était au trente-sixième dessous. Les deux ex-taulards, en attendant que le prisonnier reprenne un peu de vigueur, allumèrent une cigarette.
- Cette femelle me court sur le haricot ! entama Salma.

- Soit patient ! lui répondit son complice. Ne lui cherche pas des crosses. On nous a promis des passeports et dès que ce sera fini, on pourra se tirer ailleurs de ce foutu pays de merde.
- Tu sais à qui elle appartient cette baraque ?
- Non ! Je m'en tape... Je me contente d'obéir aux ordres. Je n'ai pas envie de retourner derrière les barreaux. Tu devrais te calmer si tu ne veux pas devenir tricard, sans papiers.

Les deux hommes étaient toujours avec leur combinaison de plongée. Ils avaient juste troqué les palmes contre des baskets. Sallaberry avait les mains ligotées dans le dos. Il réalisait qu'il avait été le dindon d'une farce de première... La pute d'Aïcha l'avait bel et bien couillonné. Il sut, en voyant la tenue de ses kidnappeurs, que les assassins de Rochefort se tenaient devant lui. Malgré un mal de tronche épouvantable, il était toujours en vie. Cela le rassura un peu. Ces hommes étaient des tueurs. Ils s'étaient contentés de l'enlever. Tuer un policier ne rentrait pas dans leurs cordes, tenta-t-il de se rassurer.
- Debout ! grogna Salma en le saisissant pour l'aider à se lever et à s'extraire du zodiac, amarré au quai.
- Va te faire foutre, enculé, riposta le basque voulant jouer les gros bras, face à ces deux farfadets.

Salma sorti sa lame et lui appuya la pointe sur le front.
- Halouf ! Avance ou je te tranche la gorge...

A l'évidence c'était ce sinistre boulouzouf qui avait achevé Rochefort, déduisit le capitaine. Il se leva péniblement et mit un pied sur le quai. Il nageait encore en plein cirage.
Les trois hommes gravirent les marches. De temps en temps, le basque sentait la pointe du poignard de l'autre abruti qui le piquait pour le stimuler. La jeune femme les attendait sur le perron de la maison.
Sallaberry voulut balancer quelque chose d'approprié devant la fille mais le regard glacé et indifférent qu'elle porta sur lui l'intimida. Il s'était planté sur toute la ligne sur cette gonzesse

43

et il allait payer cher. Cependant un truc le travaillait. Quelle était la raison de son enlèvement ? Avait-il découvert, à son insu, un élément qui mettrait en danger la bande ? Et la finalité de leurs agissements... Quelle était réellement leur intention ? Il n'eut cependant pas le temps d'approfondir cette question. Aïcha, avec une hargne profonde, avait ordonné :
- Descendez-le au sous-sol !

Sallaberry n'avait rien d'un flic demi-sel. Soudain, une fureur inclassable le submergea et qui annihila son raisonnement. Il balança de toutes ses forces son pied droit dans les parties du malien qui se plia de douleur. Salma, pris au dépourvu, voulut riposter mais le basque était costaud, vif, habitué à se battre. Il se laissa tomber sur les fesses, et il balaya les guibolles du maghrébin, par un fauchage latéral, dans le plus pur style du judo. L'entraînement qu'il suivait régulièrement sur le tatami du gymnase de la police lui servait aujourd'hui à se défendre. Plus rapide que son adversaire qui ne mesurait qu'un mètre soixante-huit et en meilleure condition physique, il se releva le premier. Sallaberry l'emplafonna par un deuxième shoot, digne d'un attaquant du Paris Saint Germain. La respiration coupée, l'arbi resta au sol. Il était secoué. Dans la foulée, le capitaine, pivota vers Zineb toujours plié en deux. Il expédia un troisième tir dans la face grimaçante du black qui partit au tapis où il se ramassa comme une merde. Le sang pissait. Il avait pris la godasse en pleine bouche et une dent s'était faite la malle. Haletant, Vicente esquissa un rictus de victoire. Il avait juste oublié « the nana » qui avait assisté à la bagarre, du haut du perron. Un applaudissement léger le fit se retourner. Aïcha le ramena à la réalité de sa condition. Elle le braquait avec un révolver qui contrastait avec sa menotte. Sallaberry, constata, à son plus grand déplaisir, qu'elle tenait fermement le calibre et que la gosse avait l'air déterminé à s'en servir.
- Je te serais reconnaissante si tu te tenais peinard en attendant que mes équipiers reprennent un semblant de dignité... Et en parlant de dignité, j'ai récupéré tes sapes.

Les deux sagouins reprenaient pieds. Le malien se palpait les parties pour constater les dégâts. Son regard ne présageait rien de bon. Salma s'était essuyé la bouche et il avait récupéré sa lame. Le basque comprit que son baroud d'honneur lui avait servi à rien, juste à faire montrer la pression d'un cran. Il s'en était fallu d'un quart de poil. Mais Aïcha veillait au grain.

- Fichez-moi ce mec en bas ! Faites gaffe ! S'il résiste, tant pis pour lui... Il n'avait pas à faire le con !

Les salopards le poussèrent brutalement pour le faire avancer. Ils descendirent dans les profondeurs de la demeure par un escalier étroit. A trois marches de l'arrivée, Salma, vindicatif, fit un croque-en jambe au prisonnier qui s'écroula lourdement. La beurette donna encore de la voix.

- Putain ! Arrêtez ça... Il a été plus malin que vous. C'est tout !

Au moment d'entrer dans le cachot qu'on lui réservait, le flic avait eu le temps de voir que c'était un réduit, sans ouverture sur l'extérieur, sans électricité. La porte claqua dans son dos. Il entendit le cliquetis sinistre d'une clef qui tournait à double tour. C'était un tombeau dans lequel il se trouvait. Sallaberry s'assit sur le sol en ciment et se recroquevilla. Il n'en menait pas large. Aïcha lui avait jeté la poche au visage, pleine de mépris. Il entendit la fille qui disait :

- Laissez-le mijoter un peu. Cela le calmera... Vous irez le détacher pour qu'il remette ses frusque. Je n'ai pas envie qu'il crève de froid. N'oubliez-pas ensuite de le ligoter à nouveau.

Au bord de la crise de nerfs, le gars blindé qu'il était se reprit. Un fait demeurait certain. Ce n'était pas un simple crime... On avait dessoudé Rochefort parce qu'il était un obstacle à un projet. Comme on venait de le mettre hors circuit... Il avait eu juste plus de bol. La sulfureuse Aïcha était mêlée jusqu'au cou dans cette scabreuse histoire mais elle semblait n'être qu'une exécutante comme les autres marlous. Elle bossait en loucedé pour des types puissants et qui gravitaient autour de la sphère

45

pétrolière. C'était, pour lui, l'hypothèse la plus vraisemblable. Il n'en avait aucune preuve mais il en avait l'intuition... Cela lui faisait une belle jambe, coincé dans ce trou à rats, dans l'attente d'un avenir sombre. Il se remémorera les paroles de son chef : « Vous verrez, ce ne sera qu'un simple aller-retour au pays basque, Vicente... Des vacances en quelque sorte ! ». Il avait aussi ponctué sa phrase avec un : « veinard » qui avait maintenant une résonnance sinistre et ridicule dans sa tête qui lui faisait mal. L'obscurité totale et aussi le silence oppressant de cette cave l'angoissaient plus que tout. Il ferma les yeux et des larmes percèrent. La carapace derrière laquelle il s'abritait depuis des années se fissurait.

Aïcha monta dans son Austin et reprit la route de la ville. Elle avait donné rendez-vous au lieutenant chez elle, le lendemain matin, pour une autre séance de séduction. Il convenait de le convaincre le plus rapidement possible.

A huit heures pile Bonhoure carillonna à la porte du quatrième étage de la résidence. Aïcha ouvrit au lieutenant. Elle était nue avec toujours ses sempiternelles chaussures aux pieds. C'était à croire qu'elle pionçait avec ! A vrai dire, elle avait compris parfaitement que cet artifice mettait dans tous leurs états la plupart des types qui voulaient l'emballer. Elle l'embrassa sur le palier sans penser à refermer la porte. Enfin, reprenant ses esprits, le jeune Bonhoure l'entraîna vers la chambre. La fille sortit toute sa science. Baiser ce beau gars ne lui déplaisait pas. Au contraire. Ce n'était pas comme ce prétentieux de basque qui se prenait pour un ténor de la flicaille parisienne.
Quand elle enfila son déshabillé, après la séance de jambes en l'air, elle alluma une cigarette et s'en alla préparer deux cafés. Cette fois, ils avaient fait l'amour, avant le petit déjeuner.
- Tu as oublié les croissants ! Ce n'est pas grave dit-elle.

Le lieutenant Bonhoure était encore allongé sur le pieu. Il se leva et récupéra ses vêtements éparpillés par terre. Il répondit :

- Désolé je n'y ai pas pensé.
- J'ai un cadeau pour toi, annonça-t-elle du fond de sa cuisine.

Une bonne odeur de café embaumait le couloir.
- C'est quoi ma chérie ?

Aïcha en entendant ce « ma chérie » eut un sourire amusé. Il était amoureux. Elle allait pouvoir lui assaisonner son baratin.
- Rejoins-moi...

Romain se profila dans l'encadrement de la cuisine. Aïcha versait le café dans deux bols. Une enveloppe épaisse était posée sur la table.
- Assieds-toi mon bichon ! commença-t-elle. J'ai besoin que tu m'écoutes avant que tu ouvres l'enveloppe.
- Il y a quoi dedans ? fit-il soupçonneux.
- Attends ! Tu sais que je suis une fille qui vit de ses charmes.

Il hocha de la tête. Il répondit :
- Je m'en doutais...
- Tu es naïf mon poulet mais c'est ce que j'aime en toi. Je te disais donc que j'avais des tas d'amis... C'est comme ça que j'appelle mes clients. Je préfère... Et j'en ai un qui me protège. C'est quelqu'un de très haut placé. Il est dingue de mon cul si tu vois ce que je veux dire... Il me passe tous mes caprices. Ce n'est pas un homme qui s'éclate avec sa femme. Je lui ai parlé de toi et il a accepté de booster ta carrière.
- C'est aimable à lui mais je n'ai pas besoin que l'on s'occupe de ma carrière...
- Tout doux... Ne t'énerve pas mon bonhomme et écoute-moi. Ouvre l'enveloppe...
Le lieutenant Bonhoure s'exécuta. Il y avait une liasse épaisse de biftons de cent euros. Il en fut estomaqué...
- Je ne comprends pas...
- En échange tu dois me rendre un petit service.
- Lequel ? s'inquiéta soudainement son côté flic qui revenait

à la surface de la conversation.

- On a passé la nuit ensemble... Tu t'es pointé à minuit et tu es repartis ce matin...

- Pourquoi te faut-il un alibi ?

- C'est simple. Hier soir, je suis allé chez un client. Il m'a reçu chez lui profitant que sa femme était absente. Sauf que ce mec, que je voyais pour la première fois, est devenu très violent... Nous nous sommes battus et je l'ai assommé avec un cendrier. Il y avait plein de sang... Mais il n'était pas mort. J'ai appelé le Samu et j'ai filé.

- Tu étais en légitime défense, non ?

- Oui ! Mais comme ce que je fais n'est pas légal, les meurs vont me tomber dessus. Le type risque de porter plainte... Il a une sacrée manche... Je crois que c'est un magistrat. Bref, j'ai besoin d'un alibi.

- Et tu me demandes ça à moi ? Un officier de police. Tu es en plein délire Aïcha !

- Pas vraiment, rétorqua-t-elle sans se démonter... C'est mon ami haut placé qui m'a dit de m'adresser à toi. C'est lui qui m'a passé aussi le pognon. Si tu refuses attends-toi, mon chéri, à de sérieux ennuis. Tu comprends cet homme est fou de moi et j'ai besoin de sa protection pour mes affaires. Il ne veut pas que je sois incriminée. Il tient à m'avoir à sa disposition en toute discrétion. Tu peux compter combien il y en a ? Il ne me l'a pas dit.

-Pourquoi, tu veux en croquer ?

Le lieutenant effeuilla les billets. Il y en avait pour trente mille euros. Aïcha les récupéra et les remit dans l'enveloppe.

- Si tu veux réfléchir, fais-le vite. Je vais les remettre dans le coffre. Je ne voudrais pas que la femme de ménage entre à l'improviste. Si elle te voit avec ce blé dans les mains, elle va croire que tu es mon souteneur.

- Quel genre d'ennuis ? demanda le lieutenant Bonhoure après quelques hésitations

La fille avait refermé son coffre qui se tenait à l'intérieur d'un placard de cuisine.

- Du genre à avoir les bœufs carotte te tomber sur le blair pour proxénétisme...

- Mais putain ! Tu débloques ! Pourquoi tu fais ça ?

- Je ne fais que répéter ce que préconise pour ami.

- Salope ! Je ne crois pas à ta fable... Je pense plutôt qu'il y a un rapport avec l'enquête que nous menons. Ce n'est pas un hasard. De toute façon, tu ne peux rien prouver.

- Ferme-là imbécile !

Le ton de la jeune femme avait changé.

- Tes performances sexuelles ont été filmées. Les caméras ont envoyé les images dans un lieu sécurisé. Tu as manipulé les billets. Tes empreintes sont aussi sur l'enveloppe. Et compte sur mon ami pour t'enfoncer si tu refuses. Ta carrière va cesser à peine commencée. C'est ça... ce que tu veux, petit con ?

Bonhoure balbutia un « non » inaudible. Elle le piétina un peu plus.

- Allez casse-toi ! J'ai à faire... Si tu veux, tu peux revenir en début d'après-midi, récupérer ton fric, je serai là. Et si tu es mignon, je te ferais même une gâterie... Tu vois je ne suis pas rancunière. Je vais prendre un bain. Claque bien la porte en partant. A tout à l'heure !

Le lieutenant était foudroyé. Il quitta l'appartement. Il avait du mal à saisir pourquoi cela lui tombait dessus. La fable de ce type violent n'était pas crédible. Il y avait autre chose et il craignait le pire.

Il passa la matinée au commissariat à ruminer pour trouver une solution pour se sortir de ce guêpier. Il aurait bien aimé demander conseil au capitaine mais celui-ci n'était pas là. Il l'attendit jusqu'à seize heures mais en vain. Alors, il s'en alla à Anglet. C'était une connerie mais il n'avait pas le choix.

La fille ne se démontait pas

La disparition de Sallaberry devint alors franchement bizarre. Le commandant appela Paris pour savoir s'ils avaient eu des nouvelles récentes de leur capitaine. Face à leur ignorance, l'inquiétude augmenta dans les rangs du commissariat. Après moultes palabres on décida de lancer un avis de disparition inquiétante. On diffusa alors sa photo un peu partout et chaque agent eut dans son portable la gueule contrite du capitaine.

Le lendemain un coup de fil provenant d'une serveuse du café de la Grande Plage, leur donna un peu d'espoir. Bonhoure se dépêcha d'aller interroger l'employée en question. Il partit à pied, le casino n'étant pas éloigné. Depuis plusieurs jours, le temps était exécrable. Ce n'était pas une nouveauté pour la région. La pluie omniprésente venait de s'arrêter. Les trottoirs étaient glissants, les parapluies étaient fermés mais toujours présents, prêt à s'ouvrir à la prochaine averse. Il n'était pas bon de l'oublier à la maison.

Le café était bondé, alors, le flic proposa de parler dehors pour être tranquille. L'interrogatoire dura dix minutes. La serveuse était formelle. Sallaberry avait dîné avec une jeune femme très jolie. Il lui avait demandé si la boite de nuit du casino était sympa. Ils avaient réglé l'addition un peu avant vingt-deux heures. Le lieutenant Bonhoure n'avait pas de photographie d'Aïcha mais le portrait de la jeune serveuse était édifiant. Voilà pourquoi, cette salope, lui avait acheté un alibi. Il eut la frousse et quitta le café et marcha le long de la promenade. Il eut beau se creuser la cervelle, il ne trouva aucune solution. Il était enchevêtré dans la toile de cette brune araignée.

Il revint au commissariat et fit le compte rendu à son chef, le commandant Leblanc.

- Tu sais ce qu'il te reste à faire fiston ? Va voir cette fille et tâche d'en savoir un peu plus sur cette soirée. Qu'est-ce qu'il a pu bien vouloir foutre avec cette fille ? Bordel ! C'est une suspecte et cet abruti est allé faire le joli cœur avec elle ! Si on retrouve le capitaine, je te jure qu'il a droit à un rapport. Mais quel connard ce type ! Encore un qui n'a que la bite à la place du cerveau !

Romain devant l'algarade, n'en menait pas large. S'il avait eu un doute sur sa conduite, il savait maintenant à quoi s'en tenir avec son commandant. Il acquiesça et quitta le bureau quand il entendit Leblanc ajouter :
- Tout compte fait, on va la convoquer ici. On va lui mettre la pression.

Bonhoure s'exécuta... Il appela Aïcha et lui demanda de se pointer au plus vite. Il craignait qu'elle rechigne, qu'elle fasse appel à l'ami en question, mais contre toute attente, elle se fit mielleuse et lui répondit qu'elle arrivait.
La jeune femme poussa la porte du commissariat, une heure plus tard. Elle était comme à l'accoutumé. Radieuse et sûre de son charme. Le planton la mena directement chez Leblanc qui voulait l'interroger lui-même. Il la pria de s'asseoir dans son bureau et fit venir le lieutenant pour assister à l'entretien. Le commandant, en voyant quel genre de femme c'était, avait eu des scrupules et lui avait évité le bocal pour l'interroger.
- Bonjour, messieurs, dit-elle, en préambule. Que me vaut l'honneur de ma présence ici ?

En employant ce ton, elle se fichait d'eux. Romain ravala sa rancune. Leblanc en avait vu d'autres pour être impressionné par une femme aussi provocante soit-elle. Aïcha, avait mis pour l'occasion, une robe rouge et courte, serrée à la taille, évasée, en pure mousseline, largement décolletée, et retenue seulement par deux bretelles fines sur ses épaules dénudées. « Pute mais très classe ! » releva le commandant.
- Vous avez une soirée ce soir mademoiselle Osman ? dit-il avec un air taquin.
- Non commandant ! C'est ma tenue de travail...

51

La fille ne se démontait pas. Elle jouait les affranchies avec le culot de la jeunesse.

Le vieux briscard continua :

- Hier soir, vous avez passé une bonne soirée ?

- Elle a été excellente. J'étais en bonne compagnie. Celle du capitaine Sallaberry. Vous devez savoir que nous avons dîné ensemble puis nous sommes allés danser.

- Oui ! cela on le sait.

Le lieutenant Bonhoure se tenait en retrait. Il était inquiet. Paradoxalement, il évitait le regard de la jeune femme, mais il ne pouvait s'empêcher de la contempler d'un œil furtif. Elle avait deviné le regard brûlant de Romain sur elle et elle s'en amusait.

- C'est la suite qui nous intéresse ! précisa Leblanc.

- Et bien ce malotru m'a laissé en rade après avoir reçu un coup de fil !

- Vous savez de qui ?

- Non ! Il s'est écarté pour que je n'entende pas. Puis il s'est excusé car il devait s'en aller de toute urgence pour le boulot. Il m'a promis qu'il me rejoindrait chez moi rapidement. Il a même ajouté de préparer une bouteille de champagne. J'en ai pour dix minutes, a-t-il ajouté. Guère plus !

- Bien ensuite qu'avez-vous fait ?

- J'ai récupéré ma voiture et je suis rentrée chez moi.

- Il est revenu ?

- Non ! Je l'ai attendu... Je l'ai appelé plusieurs fois. Rien !

- Vous avez donc passé la nuit chez vous, toute seule ?

Aïcha fit semblant d'hésiter. Elle se tourna vers Bonhoure qui se tenait dans son dos et qui devint cramoisi.

- En réalité, je me suis inquiétée. Car j'avais de bonnes raisons de croire qu'il voulait passer la nuit avec moi. Nous avions beaucoup flirté au cours de la soirée. Que Vicente ait filé si vite, cela n'était pas normal.

- En effet ! Et alors ?

- J'ai appelé le lieutenant et je lui ai demandé de venir.
- Qui ça ? Vous Bonhoure ?

Romain ne savait plus où se mettre... Acculé, au prix d'une violent effort, pour conserver une attitude normale, il avoua au commandant Leblanc :
- Elle dit vrai chef ! Elle était toute retournée et...

Aïcha vola à son secours... Elle avait tout intérêt à ce que la fable soir plausible.
- Je l'ai supplié de rester avec moi car j'avais peur...
- Peur de quoi ?
- Ne soyez pas idiot commandant ! Rochefort a été tué. Le capitaine avait disparu. Je pouvais être la prochaine... Je sais que c'est irrationnel mais j'ai eu la frousse...
- C'est la vérité lieutenant ?
- Oui chef ! J'ai passé la nuit sur le canapé.
- Et vous n'avez prévenu personne de la disparition bizarre de Sallaberry ?
- Disparition n'est pas le mot auquel j'ai pensé le lendemain. Vous savez, il se la jouait en solo la plupart du temps... On a commencé à avoir des doutes plus tard.
- Admettons... Donc mademoiselle vous ne savez rien d'autre ?
- Désolé messieurs.

L'interrogatoire touchait à sa fin lorsque le directeur entra dans le bureau sans frapper. C'était un homme avec un port altier, une fine moustache sur un visage émacié qui trahissait des origines nord-africaines. En voyant, dans la même pièce, Pierre Jalil, le grand boss, au côté de la beurette, Romain se dit que ces deux-là auraient pu être cousins.
Aïcha demeura assise. Elle se retourna vers le nouveau venu et s'abstint de tout commentaire. Le directeur la dévisagea puis s'adressant au commandant :
- Alors ça donne quoi ?
- Mademoiselle Osman a bien passé la soirée avec Sallaberry.

Et le lieutenant Bonhoure est allé assurer sa sécurité le restant de la nuit.
- Pourquoi ça ?

Aïcha s'interposa.
- J'étais angoissée suite à la disparition de Vicente. J'ai insisté pour qu'il reste avec moi...
- Bon ! Si j'ai bien compris, on n'avance pas ?
- On fait tout notre possible, monsieur de directeur, répondit le commandant.

Pierre Jalil ne prit pas la peine de répondre. Il se contenta de hausser les épaules et quitta le bureau en claquant la porte violemment. A son tour, Aïcha s'en alla précipitamment, en saluant les deux officiers, abasourdis par la sortie fracassante du commissaire divisionnaire. La belle houri, l'avait rattrapé dans le couloir. Romain qui était sorti, lui aussi du bureau, la vit qui lui disait quelque chose, puis elle éclata de rire et disparut pour de bon, hors de sa vue.

A dix-neuf heures trente, Bonhoure termina son service. Il rentra dans son petit T2 à Saint-Pierre-d'Irube. Il mangea des œufs au plat. Il avait peu d'appétit. Que faisait Aïcha ? Cette fille le rendait fou. C'était la première fois qu'il avait ce genre de relation avec une femme. Une femme experte. Jusqu'alors il n'avait eu que des petites amies. Il avait couché avec toutes, mais cela n'avait rien à voir avec ce qu'il pouvait ressentir pour Aïcha. Il était conscient quelque part qu'elle était mêlée de près à l'affaire. Cependant, il lui trouvait des circonstances atténuantes. Après, tout, elle n'y était peut-être pour rien dans la disparition du flic parisien, se répétait-il en boucle. Romain voulait croire à l'histoire qu'elle lui avait servie.
Après s'être donné du courage avec deux verres de rhum, il l'appela. Après tout, il prenait de gros risques pour la belle et il avait droit à des compensations... Elle décrocha et lui fila un rencard pour le lendemain matin. Il insista pour venir mais

elle lui répondit qu'elle avait un client. Il devait attendre son tour. Il raccrocha et s'enfila un troisième verre avant de se coucher. Il eut envie de se masturber mais il y renonça. Sa nuit fut agitée. Il se réveilla avec une migraine. Il avala du café et des cachetons. Il avait rendez-vous et il se sentit d'attaque.

Quand il carillonna à la porte, celle-ci resta close. Il pensa qu'elle pionçait et il recommença, puis tapa carrément à la porte, manquant réveiller l'immeuble. En désespoir de cause, il l'appela au téléphone. Il tomba sur le répondeur à maintes reprises. Déçu, frustré, la queue entre les jambes, il s'en alla au commissariat. La journée commençait mal !

Elle fut pire que ça !
En milieu d'après-midi, quelqu'un appela le commissariat.
On venait de trouver un corps sur la plage des Basques. Le commandant se précipita chez le lieutenant. Ils prient leurs affaires, arme, blouson, brassard, et filèrent comme des barges. Il y avait du monde sur la plage. On était samedi et les cabanes de loueurs de planches encombraient le chemin. On leur avait signalé approximativement l'emplacement où l'océan avait recraché le cadavre. Enfin, ils aperçurent un bel attroupement. Les surfeurs étaient dans l'eau, les curieux au sec sur le sable, car le corps, à priori flottait encore. Il y avait déjà un couple d'agents de police qui n'arrivaient pas à repousser la foule. Ils n'avaient pas voulu abîmer leur bel uniforme.
Bousculant les badauds, gueulant comme un âne, Leblanc se fraya un passage, suivi du lieutenant. Eux n'hésitèrent pas à se mouiller le pantalon. Le corps était balloté par le va-et-vient des vagues. Personne n'avait osé le tirer sur la plage. En outre, toucher un mort n'était pas une mince affaire. Chacun ayant vu au moins une série policière à la télé, savait que l'on ne devait jamais polluer une scène de crime, encore moins un cadavre.
Le commandant et son collègue avaient enfilé leurs gants. Ils empoignèrent chacun un pied et entreprirent de tirer le corps

sur la plage. Soudain une vague plus forte que les autres les submergea et Bonhoure but la tasse. Le commandant n'avait pas lâché le pied du mort et il s'était pris le rouleau en pleine poire. Il était complètement trempé, les cheveux dégoulinants sur son visage, il engueulait copieusement Bonhoure :
- Allez petit ! Du nerf et arrête de tousser, bordel ! Reviens m'aider et ne le lâche pas cette fois.

Beaucoup se marraient dans les rangs des spectateurs. Deux condés qui buvaient la tasse en essayant de sortir un cadavre de l'eau. Les vidéos allaient faire le buzz.
Haletants, les vêtements gorgés d'eau, les godasses pesant une tonne, les yeux irrités par le sel, les deux hommes, réussirent à sortir le noyé de l'eau. Celui-ci était toujours à plat ventre, face contre terre.
Leblanc fut tenté de le retourner mais il n'osait point. Il vit arriver du renfort. Il attendit que la foule soit canalisée par les collègues, manière de se donner un peu de répit. Il avait de fortes craintes et le lieutenant aussi.
- On attend le légiste, chef ?
- Non ! Il faut que l'on sache.

Les deux flics retournèrent le corps. Le visage était gonflé, méconnaissable, très abîmé et couvert de sable.
- Vous croyez que c'est lui, chef ?
- Il lui ressemble... Regarde sa morphologie... les vêtements aussi. Il a les mêmes bottes... Chiotte ! C'est Sallaberry.

Beau joueur je lui tendis les clefs

Patricia de Roche Clair referma son bouquin. Elle déboutonna l'agrafe du soutien-gorge de son maillot de bain, l'enleva et le rangea avec soin, à côté de sa chaise longue, sur le carrelage vintage de la piscine. Le prix de ce minuscule bout de tissu méritait qu'on en prenne soin. Puis elle s'allongea sur le dos et s'abandonna aux UV du soleil réunionnais. Elle se fichait royalement de ce que pouvait penser certains. Et ce n'était pas le maître-nageur qui allait lui signifier de remettre le haut du maillot. Cher Matthis ! se dit-elle, avec un sourire qui en disait long.

La sonnerie de son portable, interrompit sa zénitude. Elle eut l'idée de ne pas répondre, désirant profiter au maximum des derniers instants de ce farniente bien mérité. Cependant, elle décrocha, quand elle vit sur son écran, apparaître le nom de son correspondant. C'était son supérieur hiérarchique. Il n'y eut ni un « bonjour », ni un « comment ça va ? ».

- Dites-moi... Vous rentrez bien demain ?
- Malheureusement mes vacances sont terminées.
- Très bien ! Mais ne défaites pas votre sac. On vous envoie à Biarritz.
- Très bien ! Alors à lundi...
- Non ! Patricia. C'est une affaire qui urge... Quelqu'un vous attendra et vous remettra les consignes et votre billet dès votre descente de l'avion. Vous devez impérativement être là-bas dès lundi matin. On vous a retenu une chambre d'hôtel.
- Ah j'oubliais ! surenchérit l'homme au bout du fil. Comment allez-vous ?

Elle répliqua avec un ton de reproche dans la voix :
- Vous savez bien, monsieur, en vacances, je me porte toujours comme un charme. Ce n'est qu'en période de travail que ma santé a tendance à se détériorer. La dernière fois je suis même partie à l'hosto. Vous vous en souvenez ?

- L'important pour moi c'est de savoir que vous allez bien.
- Je sais ! C'est ce qui vous importe. Que je sois en définitive opérationnelle à cent pour cent...
- Pas du tout Patricia. A deux cent pour cent... Comme vous l'êtes d'habitude quand vous n'êtes pas en réanimation.
- Vous êtes un flatteur, monsieur.

Elle lui coupa le sifflet. Patricia avait la réputation d'être une râleuse. Au ministère, dans le service où elle bossait, elle était l'unique femme et elle devait jouer des coudes au quotidien pour se faire respecter. S'il y avait des métiers où il existait une parité physique et intellectuelle, ce n'était pas dans le sien.

*

Je stoppai pile devant l'entrée du Biarritz camping, au 28 rue Harcet, un quatre étoiles avec piscine chauffée. Juste ce qu'il me fallait pour éponger la fatigue des 550 kilomètres que je venais de me taper depuis la Camargue. J'avais pour consigne de me présenter au commissariat, dès mon arrivée, mais nous étions dimanche soir, et les cadavres qui m'attendaient étaient bien au chaud à l'IML...
Fréderic Costessec, qui servait de relais avec le divisionnaire qui veillait au bon déroulement de ma carrière de soliste, avait été catégorique. Pour la première fois, je devais bosser avec un coéquipier. J'eus beau leur répéter que j'avais déjà le mien, depuis des années, ce piaf qui m'apparaissait régulièrement pour me souffler où je devais mettre les pieds, au cours de mes enquêtes, rien n'y fit... L'ordre venait de plus haut. Bien plus haut ! Et je n'osais pas imaginer qu'elle était cette « hauteur » qui se penchait si bas, sur ma modeste personne de flic, et surtout, pourquoi ?

Je branchai mon van California et descendit de la remorque la YamahaXV 950R. Il n'y avait personne dans la piscine. Il était tard, presque dix-neuf heures et le peuple était déjà à l'apéro.

Je fis un plouf et nageai jusqu'à la fermeture. Quand je sortis de l'eau chauffée à 28 degrés je trouvai l'air ambiant frisquet. Au-dessus, stagnait de gros nuages qui annonçaient une future saucée. Je me frictionnai vivement et tout à mon ébrouage je ne remarquai pas la meuf qui n'avait d'yeux que pour mézigue. La coiffure chiffonnée, comme si je m'étais pris du 220 volts dans les racines, dans un maillot passé de mode, un bidou qui cachait son jeu, en soustrayant à la vue de la pimprenelle, les plaquettes de chocolat, sensées êtres sous la graisse, je n'étais guère sous mon meilleur jour, et ne comprenais pas pourquoi cette femme me matait autant.

J'enfilai mon peignoir, mes claquettes, jetai la serviette sur mes épaules, et me dirigeai vers elle. C'était une femme d'une quarantaine d'année, brune, cheveux à la garçonne, mince et bien roulée. Tous les ingrédients qui plaisaient au macho que j'étais et qui se cachaient sous des airs romantiques. A moins que cela soit l'inverse. Je n'avais jamais su trop me définir sur ce point-là. Elle continuait à m'observer de l'autre côté de la piscine. Décidé, j'en fis le tour et j'allai me planter, devant elle. Avant même que je lui offre la vanne que j'avais sur le bout de mes lèvres, elle dit :

- Commissaire Marcello Visconti ? je présume.

Je balbutiai un « oui » minable, éloigné de cette entame virile et sensée être séduisante, que j'utilisai régulièrement dans le cadre d'une drague inopinée et facile. L'inconnue continua car je n'avais toujours rien trouvé à dire,

- Je suis la commandante de Roche Clair ou alors Patricia si vous préférez... Je suis votre adjointe pour cette affaire.

Putain ! Mon coéquipier c'était une femme. C'était une bonne nouvelle. J'avais toujours eu du mal avec mes collègues dits du sexe fort. Je préférai le faible. Pour le dire différemment, j'avais un faible pour le sexe faible... Je retrouvai un peu de ma gouaille légendaire.

- Je suis ravi... Sauf que je ne m'attendais pas à votre visite, ici, dans ce camping.
- On m'a prévenue que vous étiez un flic un peu spécial. Vous n'aimez pas les hôtels, je crois...
- S'il n'y avait que ça, madame de la Roche.
- Patricia ! Cela vous évitera d'écorcher mon nom.
- Vous m'accompagnez jusqu'à chez moi. Je vous propose un verre, le temps de m'habiller.
- Volontiers, commissaire...
- Marcello ! Je vous en prie.

Mon séjour s'annonçait sous les meilleurs hospices. A peine, étions-nous arrivés à mon emplacement, que la pluie nous tomba dessus. Je sortis une bouteille de scotch et deux verres. C'était un test... Patricia accepta et nous trinquâmes à notre future et non moins étroite collaboration. On pouvait toujours rêver ! J'enfilai un futal dans mes toilettes exiguës, et sortit un polo et un pull de mon placard de rangement.
- Il est bien équipé ce camion, dit-elle, manière d'être polie avec le gitan que j'étais.
- Il est neuf et j'ai du mal à m'y faire encore. Je préférais mon vieux bahut mais des malfaisants y ont foutu le feu.
- Notre métier n'est pas facile. Lors d'une opération, j'ai pris une balle dans le ventre. J'ai failli y passer... L'enfoiré a été sympa. Il a visé assez bas. Du coup, en maillot c'est bien, on ne voit pas la cicatrice.

Je ne sus quoi répondre... Je ne savais pas si elle plaisantait ou pas. Je détournai la conversation.
- Comment saviez-vous que j'allais crécher dans ce camping ?
- Je ne savais pas... Je me suis installée au Radisson Blu et j'avais du temps à perdre. Je savais que vous étiez en van. Ce camping est le plus proche du commissariat, le plus central. Je me suis dit que c'était le meilleur choix. Ensuite, excepté des couples de camping-caristes et d'un jeune gars qui se tape les chemins de Compostelle en bicyclette, le seul célibataire,

la cinquantaine, costaud, un peu lourd, ayant l'air d'un flic quoi ! C'était vous, commissaire...

- Ok commandante. Votre sens de la déduction prouve que vous faites bien partie, vous aussi, de la maison. Si on allait croûter au centre-ville ? Je vous invite... On pourra parler de ce qui nous amène ici.

- Avec plaisir. Je vais appeler un taxi...

- Pas la peine ! J'ai un casque d'ami. Vous êtes en pantalon et en blouson. Il ne fait pas trop froid et la pluie vient de cesser. Qu'en dites-vous ?

- Je suis d'accord si c'est moi qui conduis !

- Ah bon ! fis-je pris de court. Décidément cette femme était surprenante. Beau joueur, je lui tendis les clefs.

Le Pinki Bistrot, rue de Verdun, était une bonne adresse. Le lieutenant Magali Sendker, qui bossait au commissariat de l'Embouchure à Toulouse, m'avait refilé le filon. C'était une de ses copines qui avait monté ce restaurant avec un chef qui commençait à se faire un nom.

La moto calée sur un coin de trottoir, où elle ne gênait pas le passage d'une éventuelle poussette, on s'installa, l'estomac en appétit. Le menu gastronomique commandé, on rentra dans le vif du sujet. C'était moi au premier service, comme au tennis.

- D'habitude je bosse seul. On vous a dit pourquoi ?

- Votre réputation vous précède... Votre oiseau vous demande souvent de vous asseoir sur la procédure au risque de vous retrouver à l'asile.

- Cela m'est déjà arrivé. L'avantage c'est que je court-circuite les réseaux judiciaires et administratifs et que j'obtiens des résultats. Tous ceux que j'ai serrés sont encore en cabane ou bien ils sont au boulevard des allongés. Et vous ?

- Oh moi ! Je marche dans les clous. Je suis une femme et j'ai intérêt à me tenir à carreau si je ne veux pas que mes petits copains me volent dans les plumes.

L'expression me plut... Lui voler dans les plumes. Je m'y

voyais bien... la déplumer la poulette. Je redescendis vite fait à table.

- La préparation du meurtre de Rochefort est sophistiquée, elle a nécessité un bateau, des équipements de plongé, et une volonté d'une mise en scène qui, pour moi, ne colle pas, avec cet esprit d'organisation, comme celle d'un commando.

- Comment cela ?

- Les tueurs avaient achevé l'ingénieur. Ils pouvaient le laisser sur la plage. Ou bien, s'ils avaient voulu retarder la découverte du corps, ils auraient pu l'entraîner au fond et le lester. Cela aurait été plus simple. Au contraire, ils vont perdre du temps pour monter la scène macabre, d'un gros poisson qui a mordu à l'hameçon.

- Il y a peut-être un message là-dedans.

- Non ! Je ne crois pas. Mais ce qui pose problème, c'est la mort de Sallaberry. Je connaissais bien ce flic et je l'appréciai. Il a déjeuné avec cette fameuse fille que l'on retrouve dans les deux cas de figure. Certes, elle a des alibis, mais je n'ai jamais cru aux coïncidences. Je suis pratiquement certain qu'elle a trempé dans les deux assassinats.

- Comment comptez-vous faire pour le prouver ? La secouer pour qu'elle vous fasse des confidences ? Ce n'est pas un peu radical ?

- Vous avez raison. De plus, les analyses scientifiques sur les deux corps n'ont pas permis d'identifier les agresseurs. Pour le capitaine, il a été battu à mort, en ayant les mains attachées dans le dos. Puis on l'a fichu au large et la marée l'a rendu à la terre.

- Il faut prendre le problème à l'envers, suggéra Patricia.

- Oui ! Pourquoi a-t-on si vite envoyé un capitaine du Bastion pour enquêter sur une affaire au pays basque ? Et ensuite, vous, une commandante...

- C'est parce que je suis qualifiée pour ce genre de taf !

- Je n'en doute pas... Vous faites partie du même groupe que Sallaberry ?

- Non ! Lui était de la criminelle au Bastion. Moi, mon service est place Beauvau...

- S'ils m'ont choisi là-haut, avec mes méthodes, c'est qu'ils sont inquiets. Ils se fichent que le commissaire Visconti fasse l'andouille pour découvrir le fin mot de l'histoire. Qu'il y ait de la casse, comme par hasard, maintenant ils s'en tapent ! Et pourquoi m'adjoindre une brillante enquêtrice ?

- Vous sous-entendez quoi, commissaire ?

- Les pontes nous cachent quelque chose. Cela sent mauvais.

- Votre hallucination que dit-elle ? demanda la commandante de Roche Clair, découpant une bouchée de sa côte de bœuf.

- Mon piaf ne s'est pas encore manifesté mais cela ne devrait pas tarder, répondis-je.

Mes fumeuses discussions avec le volatile étaient encrées dans les esprits, comme une évidence, avec laquelle chacun devait compter. Je poursuivis :

- Pour en revenir à cette Aïcha... J'ai lu dans le rapport qu'elle avait passé la nuit avec ce jeune lieutenant. Déjà, je trouve ça louche. Le corps de Sallaberry a été découvert samedi dans l'après-midi. L'avant-veille, soit le jeudi soir, il a dîné avec Aïcha. Le légiste devrait confirmer l'heure exacte de sa mort. S'il s'avère qu'il a été tué jeudi dans la nuit, cela disculpe la fille. Si ce n'est pas le cas, elle n'a plus d'alibi.

- Donc, demain, suivant le compte-rendu de l'IML on fiche cette Aïcha en garde-à-vue.

- Et comment très chère. A la vôtre !

Le repas terminé je raccompagnai Patricia au Radisson Blu. Un hôtel à deux pas de la plage des Basques. Devant l'entrée imposant, j'eus une mimique qui en disait long sur le standing de ma collègue.

- Calmos commissaire ! Le contribuable ne règle que les frais qui me sont alloués. La différence c'est pour moi. C'est quand même mieux que de coucher dans une pension miteuse.

- C'est pour cela que je préfère le confort de mon camion. Bonne soirée commandante. A demain.

Aïcha laissa éclater sa colère

Patricia arriva la première au commissariat. Je la suivis de peu. On se présenta à l'accueil ensemble. Le commandant Leblanc nous attribua une table avec un ordinateur et un téléphone fixe en s'excusant du manque de place. On connaissait la rengaine. L'administration souffrait de cette maladie depuis des lustres. Le lieutenant Bonhoure mit les pieds sous son bureau, vingt minutes plus tard. Il avait l'air déprimé. J'allais le voir et je le cuisinai, mine de rien, sur sa relation, avec la petite chatte des quartiers nord, de la cité phocéenne.

- Dites-moi, lieutenant ! La pitchoune est chez elle ?
- Je crois... Commissaire.
- Tâchez de savoir et venez me prévenir. Je suis à côté.

Le légiste nous appela vers dix heures. La mort de Rochefort remontait à vendredi soir, entre dix-huit heures et vingt heures. Il avait été balancé au large juste après. Je le remerciai et fixai la commandante d'un œil entendu. Le jeunot nous certifia que la fille était bien chez elle, à Anglet. On s'équipa, et l'on fila en quatrième vitesse.

Nous étions trois... Cela suffisait pour serrer la beurette. Nous grimpâmes au quatrième et Bonhoure appuya sur la sonnette. On attendit que la porte s'ouvre. La fille était méfiante et elle mit la chaine de sécurité. On avait demandé au lieutenant de faire semblant de se présenter seul pour l'amadouer. Il avait passé une nuit chez elle et cela avait créé des liens... Le jeunot avait tiqué mais il avait obtempéré. Avec ma collègue, nous étions restés planqués dans le couloir.

- Ah c'est toi mon poulet ! Je t'ouvre.

Bonhoure piqua un fard et je dus faire un effort pour ne pas éclater de rire. Ce petit con avait dû déjà sauter la fille.

Dès que la môme eut retiré la chaine de sécurité, on montra nos gueules enfarinées et réjouies.

Aïcha jura et perdit son sourire de séductrice. Elle portait un pantalon blanc et un pull rose, avec des pantoufles assorties d'un pompon de la même couleur. Je trouvai qu'elle avait des yeux magnifiques, à couillonner n'importe quel nigaud !

Patricia lui signifia sa garde-à-vue, lui passa les bracelets et on l'emmena avec nous. Le lieutenant Bonhoure n'avait pas prononcé une parole. Il avait l'air mal à l'aise mais je pouvais me tromper. Il était jeune et il avait peut-être fait la bringue toute la nuit...

Aïcha laissa éclater sa colère... Les trois policiers qui étaient venus l'arrêter, chez elle, n'avaient pas mis des gants, dit-elle, en préambule au commandant Leblanc. Cette fois, elle avait eu droit au bocal, la pièce des interrogatoires, avec la vitre opaque, et la caméra sur trépied. J'avais laissé la primeur des premières questions à notre hôte. Question de diplomatie. En outre, il avait une bouille sympathique. Ce n'était pas comme le divisionnaire. La pauvrette n'avait même pas eu le temps de mettre des chaussures dignes de ce nom, poursuivait-elle, dans le même registre. Que des salades !

Soudain, ce qui devait se produire, arriva. Un piaf tournoyait dans la pièce tout autour de nous. On aurait dit un martinet. Ne voulant pas dévoiler mon travers devant Leblanc, je me méfiais de l'humour basque, je l'interpelai par la pensée.

« C'est quoi cette ronde ? Tu ne peux pas te poser pour causer ».

Le piaf continua son vol circulaire. Il répondit :
Les martinets on des petites pattes et de grandes ailes... Cela nous gêne quand on est au sol. Et puis on est capable de tout faire en vol, boire, manger, saisir des matériaux pour le nid et même de s'accoupler !

Surpris, je répliquai à voix haute :
- Toi tu baises en plein vol ?

Patricia eut un sourire entendu. Leblanc se retourna, à priori le commandant n'était pas au courant de mes performances hallucinatoires et Aïcha interpréta mal la question car elle répondit :

- Je baise qui je veux ! Et je veux un avocat...

- Du calme mademoiselle Osman. On voudrait savoir ce que vous avez fait quand le lieutenant Bonhoure, vous a laissé le vendredi matin ? dit le commandant.

- Je suis restée chez moi, toute la journée.

- Et le soir ? Avez-vous rencontré quelqu'un ? Un client peut-être...

- Je vous répète que je n'ai pas de clients. Que des amis. Et oui, j'étais avec quelqu'un, en fin de journée...

- Vous pouvez préciser l'heure ?

- Je dirais dix-huit heures. Il est resté jusqu'à l'heure du film à la télé.

- Donc vingt-et-une heure ? Peut-on savoir qui est cet ami ?

- Non ! Vous savez que celui-là, je ne peux pas révéler son nom.

- Et pourquoi donc, mademoiselle ?

- Je l'ai déjà répété au lieutenant Romain. C'est quelqu'un d'important, plus que vous, et il veut de la discrétion.

Le commandant Leblanc se pencha vers son interlocutrice. Il s'échauffait. Il passa au tutoiement :

- Si tu t'imagines que tu vas t'en tirer comme ça, tu te gourres. Obstruction à une enquête pour double assassinat. Tu es mêlée aux deux. Tu es la dernière à avoir vu le capitaine vivant.

- Qu'est-ce que tu veux que ça me fasse ! jeta-t-elle, pleine de morgue au visage de l'officier de police, qui était à la limite de l'apoplexie.

- Sallaberry est à la morgue, le visage en mille morceaux. Tu as couché avec lui aussi, avant de le livrer aux tueurs ?

- Tu divagues !

Elle le tutoyait comme le commandant le faisait. Elle était blanche de colère autant que lui était rouge. Je matai ce duel oratoire et j'étais impressionné par l'aplomb de la fille. Or, j'avais une longue expérience de la gestuelle des malfaisants la fille jouait la comédie. Elle n'était pas en colère. Cherchait-elle à gagner du temps ? Et si oui, pourquoi ?

Le martinet avait disparu de ma vision mais il refit surface. Il n'avait pas eu le temps de m'informer de son conseil car mon attention s'était reportée sur ce qu'avait dit Aïcha. Il faisait des vols planés au ras de la table, frôlait la tête de Leblanc et celle de la môme, remontait au plafond, il virevoltait comme une abeille, bref il faisait le malin pour attirer mon attention.

« Bon vas- y ! Je t'écoute... » lui envoyai-je par télépathie. *Ce n'est pas Osman qu'elle s'appelle mais mademoiselle alibi. C'est une sale menteuse. Elle est plus maligne que vous autres réunis. Elle ne crachera pas le morceau... Les types qui ont buté l'ingénieur et le capitaine ont une base à proximité. Il faut que vous cherchiez un port privé et une baraque discrète. Sallaberry a disparu jeudi soir. Et il s'est fait occire vendredi en fin de journée. Il devait être retenu prisonnier quelque part.*

Le martinet avait raison. Je rétorquai, par la pensée :
« Si on trouve cette maison. Elle doit être vide maintenant... » *Que t'es con mon petit bourrin ! Il y aura des indices, un lien qui vous fera aller plus loin. Allez ! Merde... Bouge ton cul au lieu de faire le beau avec la commandante...*

Le commandant Leblanc, nous passa le relais... Il sortit de la pièce pour fumer et calmer ses nerfs. L'emplumé avait disparu. Je tentai alors ma chance, avec l'aide de mon équipière, mais la frangine resta bouche close. Elle s'en alla en colère dans sa cellule en nous promettant les pires calamités.

Je fis part de mes fines déductions, enfin celles du piaf, à mes collègues et l'on se mit au boulot. Il fallait compter avec la chance mais jusqu'alors, elle ne m'avait jamais quitté. On étudia les fadettes de notre suspecte mais cela ne nous appris rien de plus. On retrouva les coups de fil qu'elle avait donnés à Bonhoure et à Sallaberry, mais rien à d'éventuels complices. Elle avait dû utiliser une carte prépayée. L'arrestation d'Aïcha ne tombait pas sous le coup d'une flagrance. Et le fait d'être soupçonnée de prostitution, on pouvait perquisitionner chez elle, sans l'autorisation écrite d'un juge, puisque cela rentrait dans le cadre d'une enquête préliminaire. On pria Bonhoure, et le reste de l'équipe, de se mettre en quête de la probable planque des tueurs.

Après avoir cassé la croute avec des sandwichs, on se prépara pour aller à Anglet. On sortit du commissariat. Je levai la tête vers le ciel nuageux. J'étais avec ma bécane et je devais me débrouiller pour me déplacer entre deux averses. La voiture d'Aïcha était garée à quelques mètres de la Yamaha. Pendant que j'ouvrais le top case pour attraper le casque d'ami, je vis Patricia qui faisait le tour de la bagnole. Elle revint vers moi, et me dit :
- Elle a des clients aux poches bien rembourrées, celle-là !
- Tu peux le dire ! Tiens... Enfile ça et allons y...

Avant d'enfermer Aïcha nous lui avions demandée, suivant la procédure, de vider ses poches. Nous avions donc les clefs.
On épluchá avec soins, chaque recoin de l'appartement. On avait espéré trouver un indice quelconque, voire un téléphone, un lien avec les assassinats. Mais, peau de balle ! Il y avait un ordinateur portable que nous emportâmes, pour la forme, mais la diablesse était trop prudente, pour avoir laissé des traces sur internet. Ce n'était plus de la prudence... émis-je l'hypothèse, mais du professionnalisme... Cette fille se faisait caramboler pour avoir des alliés. Un doute s'insinua sournoisement dans ma petite tête de fêlé. Elle avait séduit le lieutenant Bonhoure. C'était évident qu'il y avait un truc entre eux. Et l'alibi qu'il lui avait fourni pour la soirée du jeudi soir, était-il vrai ? Dans le cas contraire, notre débutant risquait gros. Poursuivant mon raisonnement, il se pouvait aussi qu'elle ait trouvé, en plus de son cul, un autre moyen de coercition ?

Nous rentrâmes bredouilles et fort dépités. Nous n'avions plus qu'à espérer que la recherche de leur base nous offre quelques pistes.

Patricia s'arrêta aux toilettes et j'allai retrouver Bonhoure et sa fine équipe. Ils avaient trouvé plusieurs lieux qui pouvaient ressembler à une base. Je distribuai le taf et on programma l'exploration de ces baraques pour le lendemain. Il était trop tard pour nous y atteler. Patricia arriva comme une furie dans le bureau.

- Merde ! C'est quoi cette boutique. Ils ont mis fin à la garde-à-vue d'Aïcha !

J'étais estomaqué. Nous avions l'intention de la confronter aux adresses que nous avions obtenues afin de voir sa réaction. On voulait aussi lui faire cracher le morceau au sujet de son ami si important. Il commençait à nous les gonfler, ce type-là.

- Qui a donné l'ordre ? demandai-je à la commandante qui fouillait dans son sac-à-dos, pour chercher une cigarette.

- Ce connard de divisionnaire !

Un nuage glacé se répandit dans le bureau. Personne, n'avait osé, un jour, insulter, le commissaire divisionnaire, le boss qui régnait en maître sur le commissariat.

Je me levai, et allai droit dans son bureau. Si tout le monde se mettait au garde-à-vous devant lui, ce n'était pas mon style. Je poussai la lourde sans frapper. Le commissaire était assis, derrière son bureau le nez dans des papelards... Interloqué, devant un tel manque à son autorité, il resta sans voix. J'en profitai :

- Pourquoi vous avez libéré la fille ? C'est notre enquête ! Je vous rappelle que c'est Paris, ne vous en déplaise, qui nous a envoyés ici.

- Elle a un alibi.

- Oui ! Bien sûr... Cette pute se fabrique les alibis avec ses fesses ou sa bouche. Cela dépend !

- Je ne vous autorise pas ! éructa le zèbre, outragé.

Et là l'éclair de génie ! Ou plutôt une fable, un poète génial qui faisait chier depuis des décennies les gamins à l'école pour se tarter par cœur ses fables. Le corbac et le renard. Derrière le bureau du divisionnaire, positionné sur le code pénal, posé sur une étagère, un corbeau, oiseau sinistre des sorcières, aux reflets violets, coiffé d'un vieux képi d'agent de police, tenait en son bec une culotte rouge.

La drôlesse se tape des flics ! Elle a commencé par le taulier, c'est pour cette raison qu'elle est si arrogante. Puis, elle s'est servie du jeune couillon pour son alibi. Fais attention à toi ! Commissaire...

Du coup je passai, le braquet. Je m'avançai et me frottai au visage hargneux du commissaire divisionnaire. Je le tutoyai et je m'en fichai. Les pontes du 36 m'avaient envoyé au pays basque pour foutre la merde, et dans mon esprit, il ne pouvait pas en être autrement. Alors, autant commencer aujourd'hui ! m'étais-je dit, et de me faire plaisir par la même occase.

- Écoute-moi ! Tête de nœud... Je sais que c'est toi qui baises la petite Aïcha. Elle te tient par les couilles. Je sais aussi que l'alibi que lui procure ton apprenti de flic est bidon. Yes ! je n'ai pas encore de preuve mais cela ne va pas tarder. Et si tu veux appeler là-haut pour te plaindre du commissaire Visconti, ne te gêne pas. Ils vont certainement se marrer...

Ma diatribe lui enleva l'air des poumons. Le visage du vieux Jalil devint encore plus sombre. Je tournai les talons avant qu'il ne trouve une répartie et je claquai la porte.

Cette femme m'étonnait

La journée avait été mouvementée. Dégoûtés, on avait planté les basques dans leur turne. Puisque le temps s'y prêtait, je fis visiter à Patricia la ville. Elle ne la connaissait pas vraiment. On prit la route qui bordait l'Océan. Comme un couple de zoziaux de touristes, on s'arrêta pour flâner sur la passerelle du rocher de la Vierge. On fila jusqu'à Saint Jean de Luz, où l'on s'offrit une balade sur la plage. Des baigneurs en combi nageaient au-delà des bouées jaunes, des mères de familles se prélassaient sur le sable, pendant que les bambins galopaient en criant à tout va, deux jeunes s'embrassaient à bouche que veux-tu, sans choquer personne, un autre couple, hétéro celui-là, se léchaient les babines avec leur cornet à glace rose, sans oublier les surfeurs en équilibre sur les vagues ou qui buvaient la tasse, les quatre fers en l'air dans l'écume bouillonnante.
Un panorama qui nous apaisa et qui nous fit oublier le monde tordu dans lequel nous vivions tous les jours. A la dérobée, lorsque j'en avais l'occasion, je matai ma coéquipière.

Elle ressemblait à un garçon mais un garçon qui ressemblait sacrément à une fille... Elle me rappelait Herma et j'en étais troublé. Le « tueur repenti » était un hermaphrodite et, contre toute attente, il était tombé amoureux de ma pomme. Avant son baroud d'honneur, où il avait cherché la mort, il m'avait légué sa fortune et la garde de son frère autiste, Alex.
- A quoi pensez-vous commissaire ? Je vous trouve soudain bien songeur.
- C'est l'océan qui me rend toujours nostalgique. Je pensai à la petite maison blanche que j'aimerais avoir un jour.
- On a tous envie d'une petite maison commissaire. Et si je vous faisais visiter la mienne, pour vous remonter le moral ?
- Votre maison ?
- Oui ! Ou plutôt mon hôtel... La Radisson Blu. Il y a une superbe terrasse qui donne sur la plage des Basques. C'est bientôt l'heure du soleil couchant. Les canapés sont moelleux

et le scotch est de qualité.

On enfila nos pompes que l'on tenait à la main pour mieux apprécier notre balade, et on rejoignit la moto.

- Vous êtes sûre pour la terrasse ? J'ai senti une goutte...
- Dépêchons-nous ! répondit-elle en s'installant, derrière moi, sur la selle, et en m'entourant fermement de ses bras.

Je démarrai comme au Bol d'Or. Plus pour l'épater qu'à cause de la pluie qui balançait d'autres gouttes sur ma visière.

Le voiturier s'avança et je lui remis les clefs de la Yamaha pour qu'il ailla la mettre à l'abri. La pluie s'était enfin décidée. Un « grain » comme disait les bretons. Ici je ne savais pas !

En attendant que la pluie cesse, Patricia m'invita à visiter sa chambre. En réalité, elle voulait se changer. C'était une piaule de standing. Une grande télévision, un balcon terrasse, avec un pieu où l'on pouvait dormir à quatre, un bar de première, bref, l'attirail sophistiqué et sans charme d'un cinq étoiles.

J'entendis la douche couler... Puis, elle apparut en peignoir. Elle ouvrit son placard, attrapa des fringues et repartit dans la salle de bain. Je l'entendis me dire :

- J'en ai pour deux minutes... Je crois que l'averse se termine.

Je matai à travers la fenêtre. Les éclaboussures de flotte sur la table en plastique de la terrasse, faiblissaient à vue de nez.

- Tu as raison ! On va pouvoir aller sur la terrasse.

J'avais osé le « tu ». Pour voir sa réaction. Elle ne se fit pas attendre. La commandante, me renvoya :

- Tu peux te servir un verre. Le bar est plein.
- Tu es mignonne... Mais les bouteilles pour pygmées ce n'est pas ce que j'aime...
- Et qu'est-ce que tu aimes ?
- Si tu savais ma belle... Mais pour le whisky je préfère la double dose.
- Tu n'as pas répondu à ma question !

Je poussai la hardiesse un peu plus loin. Je savais qu'elle était célibataire.

- J'aime bien les filles aux cheveux courts...
- Mon côté homme est ambigüe pour certains, répondit-elle, du tac-au-tac.

Alarmé, qu'elle soit lesbienne, je rétorquai.
- Ai-je tort de les aimer ?

J'entendis son éclat de rire. Il était clair, cristallin, sans une once de vulgarité comme certains rires de femmes très chics, au demeurant.
- En ce qui me concerne j'aime les filles ? dit-elle, coquine.
- Ah bon !

Mais la garce qui s'amusait beaucoup derrière sa putain de porte, j'étais sûr qu'elle était prête depuis le début de notre conversation, ajouta, dans un autre éclat de rire.
- J'aime aussi les hommes. Ceux qui ne ressemblent pas aux filles... Ce qui n'est pas ton cas, Marcello... Tu as donc toutes tes chances, ce soir, si tu sais t'y prendre...

Encore une qui mettait la barre haute.
Si, aujourd'hui, des couples entamaient le dialogue amoureux, pleins de sous-entendus, avec des SMS, nous étions en train de mettre au point un autre système de communication, celui qui consistait à se parler, à se découvrir sous l'anonymat d'une porte de salle de bain fermée.

Patricia sortit. Elle s'était maquillée légèrement, dans des tons qui mettaient en valeur ses yeux verts, avec des paillettes d'or à l'intérieur. Ses cheveux bruns brillaient. Elle avait mis du gel. C'était son côté garçon ! Par contre, le côté fille, me plut davantage. Une jupe beige courte et serrée qui soulignait ses hanches et un chemisier clair avec un col claudine et sagement boutonné. Sauf qu'il était complètement transparent et que l'on voyait son magnifique sous-tif, largement échancré, et d'un rouge vif qui vous annonçait clairement que le string, un étage plus bas, était de la même couleur.

- En fait ! La journée je suis un garçon et tant mieux pour les filles et le soir je suis une fille et tant mieux pour les garçons !

Cette fois, ce fut moi qui éclatais de rire. Mais je n'étais pas certain que le mien fut aussi délicat que celui de Patricia.

Quand on se pointa sur la terrasse, la pluie avait cessé. Il y avait un arc-en-ciel qui tombait sur l'Océan. On l'admira en silence et l'on commanda nos verres. Le badinage s'était tari lorsque nous étions sortis de la chambre. Peut-être, parce que nous en avions trop dit et trop vite... On retrouva nos reflexes de flic.

- J'ai passé un savon de première au divisionnaire et il va s'en rappeler longtemps.
- Tu lui as dit quoi ?
- Que c'était lui qui couchait avec Aïcha... Que le lieutenant avait croqué à un truc de louche et qu'il était sous la coupe de la fille. Et tout ça sans preuve !
- Bravo ! Tu t'es fait un ami...
- Oui ! Mais je me dois de soigner ma réputation.
- Quel est ton plan demain ?
- Il faut que l'on se tape la visite des adresses qui ont le profil d'une planque. Cela va être long et fastidieux mais je ne vois pas, pour l'heure, une autre façon de faire.
- Moi si !

Cette femme m'étonnait. Le barman se pointa avec nos verres. Deux doubles d'un Bastille 1789. C'était un Blended à 40% et français, ce qui chatouillait mon côté révolutionnaire et républicain.

- Explique !
- Dans mon métier, j'ai appris à ne jamais faire confiance. C'est sans doute une déformation professionnelle.

Je l'interrompis :

- J'ai oublié de te demander dans quel service tu bosses au ministère ?

- Un service administratif. Cela faisait des mois que je voulais réintégrer un service actif. Et l'on m'a affectée sur l'affaire pour que je fasse mes preuves. Bon ! Je continue...

Sceptique, j'avalais une goulée du breuvage exquis et fut tout ouï.

- Je t'écoute. Que proposes-tu ? Tu disais que tu ne faisais pas confiance aux autres...

- Cette fille avec ces alibis... je m'en suis méfiée. Ses beaux yeux et son petit cul n'ont pas troublé la garçonne que je suis. Elle balade tout le commissariat et elle n'a pas attendu notre venue pour jouer à ce petit jeu. Partant de là, comme elle avait l'air d'être sûre de ses arrières, je me suis dit, que si elle avait un ami si important, celui-là allait tout faire pour la faire sortir. Et je suis quasiment certaine qu'elle en a profité pour se faire la malle et que son petit nid, à Anglet, est vide et qu'il le sera longtemps.

- Tu veux dire qu'elle a filé et définitivement ? Ella a laissé sa zone de confort, comme ça ?

- Ce n'est pas sa zone de confort. Cet appartement, son état de fille de « madame Claude », ce n'est qu'une couverture. Tu es d'accord qu'il va se passer quelque chose bientôt et que ce quelque chose est liée à la plateforme pétrolière ?

- Oui ! Mais toute cela ce ne sont que des hypothèses, fondées uniquement sur un délit de sale gueule, celui en l'occurrence du sous-directeur de la COPOLD.

- Oui mon ami. Nous cherchons leur planque. Tu es d'accord ?

Je ne voyais pas où elle voulait en venir.

Un bel oiseau chamarré avec un tête noire et un bec jaune, un duvet rouge vif sur le ventre, une queue blanche barrée de noir et des ailes assorties, fit une apparition inopinée. Il était juché sur le rebord du parapet.

Je suis un Trognon d'Amérique ou un couroucou.
- C'est quoi ces noms ridicules ?
Ne cherche pas joli cœur ! Tu es passé, au rez-de-chaussée de l'hôtel, devant une exposition de tableaux d'oiseaux tropicaux. Tu es tellement sous le charme de cette fille, pas franche du collier par ailleurs, que tu n'as même pas remarqué les piafs. Et je te dis au passage, que ta jolie minette, qui n'est plus une jeunette, est cependant moins tocarde que toi. Elle sait où est allée se réfugier Aïcha.

- Ne me dis pas que tu sais où elle crèche ?
- J'ai entendu que tu causais à ton oiseau ? m'avoua Patricia. Ton hallucination est venue à ton aide, j'imagine... Regarde ! Tu verras mieux...

Avec un sourire énigmatique, Patricia sortit de son sac-à-main, où je subodorai qu'il y avait à l'intérieur son arme de service, une tablette.
- Attends ! dit-elle.

Elle la brancha, tapa un code, puis ouvrit une application.
En apercevant la carte qui se profilait sur l'écran, je compris ce que le couroucou avait sous-entendu.
- Putain ! Quand tu as fait le tour de l'Austin, cet après-midi, tu as mis un traceur.
- Exact !
- Et c'est quoi ce service administratif du ministère qui équipe si bien ses fonctionnaires en mal de réinsertion à un service actif ?

La fine mouche se garda bien de ne point me répondre. Elle se contenta de me montrer l'écran et de m'indiquer la flèche qui indiquait la position de l'Austin.
- Elle est immobile depuis un moment. Pour l'instant, elle est sur le parking de sa résidence à Anglet. Si l'Austin bouge on pourra la suivre. Il suffit d'attendre.

- Et si elle ne bouge pas ?
- Tôt ou tard elle rejoindra ses complices.
- Je te trouve bien optimiste. Mais après tout cela peut marcher.

Patricia referma la tablette.
- Je propose de passer à table. Le sandwich de midi est loin.

Le restaurant de l'hôtel, l'Onyx, se trouvait juste à côté. On s'attabla, les yeux dans les yeux... Nous avions picolé deux tournées de scotch. On était chauds bouillants. Patricia avait une sacrée descente... Elle commanda un filet de saumon avec une sauce au beurre et pistou d'herbes et pour ma part, un pavé de merlu à la plancha. Le tout arrosé d'une bouteille de champagne. On se la jouait grands seigneurs.

Un peu chancelant, on réintégra le canapé sur la terrasse pour un dernier cognac. Profitant de l'obscurité et de l'ivresse qui nous unissait, je l'embrassai avec délicatesse... On resta un moment à siroter nos verres ballons, à nous bécoter comme des ados, puis l'heure de vérité approchant, nous descendîmes au troisième étage, où se tenait la chambre.

La nuit fut longue et agitée. Dans ce lit immense, après avoir fait l'amour, on eut vite fait de se perdre. Puis au cours de la nuit, de se retrouver une seconde fois, pour des caresses plus sages, plus endormies. Après le petit déjeuner, à poil, enroulés tels des sages romains dans les draps, on se livra encore à de nouvelles étreintes mais qui firent moins d'étincelles que la veille, l'ivresse de l'alcool ayant disparu au fil de la nuit.

A neuf heures nous étions en bas, à l'accueil et le voiturier nous amena la Yamaha. Il avait un drôle façon de conduire le costard cravate et je crus qu'il allait se ficher en l'air quand il leva la jambe pour s'extraire de la monture.

C'était interdit de fumer

Mardi matin.

Le commissariat était en effervescence. Avant que nous nous pointions, un homme avait fait irruption à l'intérieur et il s'en était pris au préposé de l'accueil. Il était incohérent et il avait sorti un couteau de sa poche. Il avait tenté de piquer un agent de police qui avait sorti son arme et lui avait tiré dans le gras de la hanche, sans gravité. Le mec n'avait pas gueulé Allah Akbar. L'homme était un tunisien de quarante piges. C'était juste un musulman qui buvait et qui était complètement ivre.

Cela risquait d'aggraver encore la polémique sur la sécurité des commissariats. Le résultat des courses c'était que le boss était dans une colère noire et qu'il apostrophait, au vu et au su de tous, une journaliste qui était venue ramener sa fraise pour faire un papier à sensation.

Quand il nous aperçut, il planta la femme et nous fit signe de le suivre dans son burlingue. Il n'avait pas digéré la prise de bec que j'avais eu avec lui la veille. Pour l'adoucir, j'évitai de faire le mariole et lui présentai de plates excuses.

- Je m'en fous de vos salamalecs... Je sais fort bien qu'elles ne sont pas sincères. Je veux juste vous rappeler, une bonne fois pour toute, que vous devez cesser d'importuner Aïcha. Elle est hors de cause. Concentrez-vous plutôt sur la piste de la drogue. Allez-donc interroger le patron de la Felouque. Et si d'ici, deux jours, vous n'avez rien trouvé, j'appelle Paris pour qu'ils vous ordonnent de rentrer. C'est vu ?

On ferma nos gueules mais on n'en pensa pas moins.

- Qu'en penses-tu ? demandai-je à ma coéquipière.
- Il n'est pas à l'aise... Son attitude nous conforte qu'il est bel et bien l'amant attitré d'Aïcha. Elle a réussi à compromettre le divisionnaire au même titre que le lieutenant Bonhoure.
- Aïcha est une femme dangereuse.
- Plus que ça je pense. Jalil va tout faire pour nous mettre des bâtons dans les roues. Puisque nous avons deux jours encore

et carte blanche, je propose d'aller nous balader en mer ou dans les airs. Au choix ?

- Tu veux aller sur la plateforme ? dis-je.

- Nous devons savoir ce qui se trame là-bas et on pourrait en profiter pour interroger l'adjoint de Rochefort. Comme celui-ci n'a pas été remplacé, c'est ce type, un certain Salam qui a les commandes de la sécurité du tanker. Le lieu d'extraction se situe à trois cents kilomètres environ dans la zone exclusive économique du territoire français. Tu as le choix : sept heures en bateau ou une heure quinze en hélico ?

- C'est vu ! J'ai le mal de mer... Et nos heures sont comptées. Tu as le bras assez long pour avoir une telle autorisation ?

- C'est l'avantage de bosser au ministère, tout près des dieux qui nous gouvernent. Donne-moi une demi-heure.

Je laissai Patricia dans un bureau, seule avec son bigophone et allai me taper un café et une clope. Mon gobelet plastique brûlant à la main, je sortis pour fumer. Pour ne pas changer, le ciel était gris. Il ne pleuvait pas. Pas encore...

La commandante me retrouva dehors. Elle avait organisé la balade en deux coups de cuillère à pot. On sauta sur la bécane et je pris la direction de Bayonne. Le détachement aérien de la gendarmerie, qui dépendait du FAG sud-ouest Mérignac Bordeaux, avait mis à notre disposition un Ecureuil AS350. Un vieil appareil mais qui avait fait ses preuves en attendant la relève d'engins plus performants. Le pilote nous expliqua qu'il avait une autonomie de 660 km ce qui était suffisant pour un aller et retour.

On grimpa dans la cabine derrière le pilote. Celui-ci, avait été pilote de chasse dans l'armée avant de devenir pilote d'hélico. Cela ne m'avait pas vraiment rassuré. Par contre, de Roche Clair avait l'air sereine, comme si ce genre de promenade était habituel pour elle. Le pilote discuta un moment avec la tour de contrôle, puis il manipula son tableau de bord, constitué d'un écran et d'une multitude de boutons et de manettes, et le sifflement caractéristique du retors emplit rapidement nos esgourdes. Soudain, le pilote tira sur son manche à balais et l'on décolla. La terre disparut. A travers la vitre du cockpit, il n'y eut que les nuages gris... Basculé en arrière on grimpa très vite avant de retrouver une certaine stabilité. L'hélicoptère se pencha et l'on bifurqua vers l'Océan. On laissa la brume, les embruns, au profit d'un ciel bleu et dégagé. Cela changeait. En dessous, l'étendue sombre de l'océan était moutonnée à l'infini. Nous n'étions pas dans un Airbus. Je n'en menais pas large. Le bourdonnement du moteur, les tremblements et les secousses de l'appareil, face à de violentes bourrasques, me firent la fermer. Je n'avais pas envie de faire le guignol.

Au terme d'un voyage où j'avais serré les fesses et regretté de ne pas avoir pris le bateau, la plateforme se profila dans le lointain. L'appareil se posa sans encombre ou presque, après quelques hésitations sur l'aire d'atterrissage. Le vent du large avait gêné la manœuvre du pilote. Un type nous attendait. On descendit. J'étais un peu endolori. Je voulus allumer une clope mais le mec me montra un panneau. C'était interdit de fumer. Nous étions entourés d'effluves dangereuses.

Après le ronronnement de l'hélicoptère, auquel je m'étais habitué, je fus saisi, par le vacarme des pompes qui aspiraient le pétrole des profondeurs. Les conditions de travail étaient difficiles, nous expliqua notre guide, en guise de préambule. Il était obligé de parler fort pour se faire entendre. A l'étrave il y avait une torchère de plus de trente mètres de haut qui crachait en permanence une épaisse fumée noire. C'était cette trace que nous avions pu observer, de l'hélico, avant de voir se profiler la masse métallique du tanker. A proximité de la torchère, l'émanation de chaleur était problématique pour les ouvriers qui travaillaient. Sur le pont s'enchevêtraient des tas de cuves et des mètres de tuyaux, filant dans tous les sens. A la proue, se dressait une énorme tour métallique. L'ingénieur, nous expliqua que c'était une cuve où aboutissaient les tuyaux reliés au champ d'extraction à 1500 mètres de profondeur en sous-sol, soit une distance de 3500 mètres jusqu'à la coque de l'ancien tanker. L'agence internationale de l'énergie prévoyait une augmentation importante de la demande pétrolière malgré les efforts pour une énergie verte. Que du baratin ! pensai-je en écoutant le laïus de l'ingénieur.

Patricia lui demanda :

- Combien avez-vous de nationalités sur la plateforme ?

Le cadre rigola. Il était lui-même d'origine anglo-saxonne vu son fort accent. Il répondit :

- Plus d'une vingtaine... Vous savez ce boulot, c'est un sacré western. Il n'y a pas beaucoup de candidats. Certes les salaires sont attrayants, mais la compagnie a du mal à recruter. Ici, on bosse pendant un mois, sept jours sur sept, de sept à douze heures en moyenne. Après on a droit à un mois de congés. Et l'on va aux quatre coins du monde. Et ce n'est pas dans les endroits les plus chouettes...

- Vous avez quoi comme style de personnel ? m'enquis-je

- Il y a le chef de chantier, le maître à bord, et celui qui est le mieux payé, les géologues, les scaphandriers, les techniciens de maintenance, souvent formés sur le tas, les foreurs, les cuisiniers, tous les cadres... Par contre, ils doivent tous parler anglais. C'est la règle.

- Qui s'occupe de la sécurité ?

- C'était Rochefort. On a appris qu'il était décédé d'une crise cardiaque.

- On va dire ça... On voudrait parler à son remplaçant.

L'ingénieur nous précéda. On le suivit en faisant gaffe de ne pas tomber à cause des différents obstacles sur le chemin. Les ouvriers que l'on croisait étaient indiens, asiatiques, arabes, ou occidentaux, tous couverts de casques qui avaient perdu de leur couleur, sous la poussière noirâtre des émanations des hydrocarbures qui enveloppaient la plateforme. Ces types ne faisaient pas carrière. Ils étaient là pour économiser et pour se reconvertir ailleurs, après avoir bourlingué durant des années, dans le golfe du Mexique, dans la mer du Nord, en Asie, ou aux confins de l'Alaska.

Ali Salam était pakistanais. Il était en pause dans sa cabine. Elle était minuscule et il la partageait avec un géologue qui n'était pas là. Il accepta en maugréant de nous accompagner dans un autre endroit pour parler. L'ingénieur proposa la salle du réfectoire. C'était l'heure du repas et certains étaient déjà attablés. L'ingénieur nous laissa. Le pakistanais avait la tête des mauvais jours. Il ne jactait pas un seul mot de français. Cela n'affecta pas la commandante qui parlait couramment la langue du Brexit.

Vu que je ne comprenais rien, j'allais rejoindre l'ingénieur qui se tapait une bière. Il m'en proposa une et on fit copain. Il en profita pour me rencarder sur le métier. Il était intarissable. Il me raconta que depuis une dizaine d'années, 75 % des forages se faisaient au large. Des bateaux sillonnaient les mers et les océans en échographiant les sous-sols marins en envoyant des ondes sismiques. Sur le site Total à Pau, il y avait la machine, la plus performante au monde, pour ce genre d'investigations. Elle s'appelait Pangéa, crachait des images en 3D avec la puissance de 80.000 ordinateurs et de 6 millions de DVD. Je pensai, en poète que j'étais, qu'il aurait été utile d'avoir un tel engin pour sonder la noirceur des malfaisants et en extraire leurs plus viles pensées. Il me dit encore que cette pratique de remodeler les vieux tankers en plateforme était une façon de faire des économies. Il précisa que la location d'une foreuse flottante coûtait aux compagnies 500.000 dollars chaque jour. J'avais un pote qui avait voulu faire creuser un puits dans son jardin. Cela lui avait coûté moins cher. Sauf que le puisatier n'avait pas trouvé de flotte et que les arbres fruitiers avaient crevés. Les compagnies avaient intérêt à savoir où chercher.

Je laissai mon gus car Patricia s'était levée et le pakistanais s'en allait. Elle nous rejoignit. Je la pris à part et lui demandai :
- Tu as appris quelque chose ?
- Déjà, que Rochefort avait insisté pour ne prendre qu'une

semaine de congés. Alors que la règle est d'un mois.

- Il avait eu gain de cause ?

- A priori oui ! Mais on ne sait pas pourquoi il avait tant insisté pour revenir si vite.

- Quoi d'autre ?

- J'ai eu du mal... Ce type a un problème avec les femmes. Il répondait à côté de mes questions. Il ne m'a pas regardée une seule fois dans les yeux.

- Tes conclusions ?

- Il cache quelque chose. On va parler avec les ouvriers. On en apprendra plus.

- J'ai une idée... Il y a un cuistot. Il est chinois et il parle français.

En prenant ma bière, j'avais repéré le gars. Il jonglait avec les steaks qu'il faisait cuire sur la plaque. Il m'avait souri et il m'avait adressé la parole en français. Je lui fis signe de venir. Il était ruisselant de sueur et sa face brillait comme un citron bio.

- Vingt euros ! Cela te dit de les gagner ?

Le chinois se marra. Il enleva son tablier, demanda à un autre chintok de le remplacer, et me rejoignit au bar. Pendant ce temps, Patricia sortit sur le pont pour tenter de discuter avec d'autres membres du personnel.

Mon chinois m'apprit un truc intéressant. L'intendant lui avait demandé de compter les bouteilles de champagne et le stock des petits fours congelés. Il n'avait pas compris, car la seule fête sur le tanker c'était celle du jour de l'An et c'était loin derrière.

Je rejoignis la commandante. Elle parlait avec un groupe de types, tous ravis d'avoir une belle femme en leur compagnie. Toujours en anglais.

- Ce sont des gars de la maintenance. Ils ont reçu la consigne de dégager un circuit précis de tout ce qui pouvait l'encombrer.

Ils m'ont montré le croquis. Il fait le tour complet du tanker.
- Comme pour une visite officielle ? supputai-je... Une visite où l'on doit sortir amuses gueules et verres de champagne.

On retrouva notre ingénieur qui nous avait préparé un plateau repas. Notre pilote nous avait rejoint.
- Vous savez si vous attendez une visite dans les prochains jours ? demandai-je à brûle pourpoint.
- Il parait que c'est une huile mais je n'en sais pas plus.
Ali Salam ne vous a rien dit ?
- C'est un con machiste ! Je n'ai rien pu en tirer... Vous avez confiance en ce type ? Je parle de la sécurité, répondit Patricia.
- Il a fait ses preuves... Cela fait quinze ans qu'il travaille sur les plateformes. Il est ingénieur à ce que je sais. Autrement il ne serait pas adjoint à la sécurité.
- Si vous le dites, dis-je.

On s'enfila notre repas et l'on demanda à notre pilote de nous ramener au bercail. L'écureuil nous attendait sur l'air d'envol. Je touchai l'appareil. Le métal était brûlant. Le soleil tapait dur au large. Allions-nous revenir vers la pluie ?

De Roche Clair s'exécuta

Le rivage se profila. Comme pour nous rabaisser le moral, la grisaille stagnait sur les terres. L'hélico se posa, cette fois, en douceur, car il n'y avait pas le zef du large.

Il était suffisamment tôt pour faire un tour à la Felouque. Nous n'avions pas intérêt à froisser davantage la susceptibilité du commissaire divisionnaire.

La plage était déserte, à l'exception de quelques retraités qui baladaient leurs toutous. Il n'y avait pas de surfeurs. Le spot était calme. Pas assez de vent. Les tables et les chaises étaient en place pour l'apéro. C'était encore trop tôt. Bob Leborgne était à l'intérieur de l'hôtel. Il était installé sur un fauteuil de l'accueil et parlait avec une femme d'un certain âge. Devant eux, des papelards étalés. Cela devait discutailler comptabilité. Notre arrivée crispa sa bonne humeur.

- Vous n'avez pas fini m'emmerder ? dit-il, afin d'ouvrir les hostilités.

La comptable se leva, nous salua d'un hochement de tête et battit en retraite vers l'extérieur.

- On veut juste savoir ce qu'Aïcha est venue faire ce matin ? Elle est restée dix minutes, puis elle est repartie chez elle.

- C'est faux !

Patricia, avant d'arriver à la Felouque, avait vérifié sur sa tablette les déplacements de l'Austin.

- Nous avons un témoin. Avec ton casier tu ferais mieux de l'ouvrir et de nous dire ce qu'elle voulait.

Leborgne changea de physionomie. Devant l'assurance de la commandante, devant ma mine renfrognée qui ne présageait rien de bon, il lâcha du lest.

- D'accord ! Elle est passée en coup de vent pour récupérer un sac de plage qu'elle avait oublié.

- On va lui demander de corroborer tes affirmations. On va bien voir... Tu l'appelles Marcello ?
- Non ! Ce n'est pas ça... Je ne sais pas ! Elle voulait voir le studio.

Leborgne se troublait de plus en plus. A ce moment-là, un piaf, immense, majestueux, fit irruption dans la salle du restaurant. Il atterrit avec fracas sur une table, glissa dessus et se fracassa sur les chaises autour. Il se releva en se dandinant. Avec son grand bec retourné au bout, ses ailes blanches bordées de noir, cet oiseau du grand océan rivalisait en taille avec les condors et les vautours.
- Belle arrivée ! le raillai-je. Toi aussi tu penses que ce mec est impliqué dans un trafic de drogue ?

J'avais aperçu quelques Albatros qui avaient fait une halte sur la plateforme, avant de reprendre leur route au large. Il arrivait parfois que je comprenne le pourquoi de mon hallucination. Ce qui n'était pas tout le temps le cas. Cette fois cela paraissait évident. J'attendis qu'Edith s'exprime. C'était le nom que je lui donnais en souvenir de la môme piaf.
La caisse de Rochefort n'a pas bougé du parking durant tout son séjour ici. Du samedi matin où il est arrivé jusqu'au jeudi soir où on l'a dessoudé. Si tu n'es pas encore trop vioque, tu en déduis quoi moussaillon ?
- C'était facile pour quelqu'un d'ici de planquer la drogue !
Bien vu ! Il est raisonnable de supposer que c'est une femme de ménage, un employé, ou ton client, qui s'est introduit dans la chambre de Rochefort, a piqué le bip pour ouvrir la caisse, et y mettre la drogue.

Leborgne avait entendu mes réponses à l'oiseau. Il avait capté cependant que je le soupçonnais d'avoir caché la cocaïne dans la caisse de l'ingénieur. Patricia me regardait avec intensité. Ella avait compris que j'étais confronté à mon hallucination. Elle se contenta de me dire :

- C'est quoi l'oiseau ?
- Un superbe Albatros...

Je ne m'étendis pas... La commandante avait l'air d'en savoir long sur mes capacités psychiques. Ne voulant pas que Bob Leborgne reprenne de l'assurance, je repris :
- Patricia, appelle le juge immédiatement qu'il nous envoie par mail, une requise pour fouiller le restaurant.

Patricia de Roche Clair s'exécuta aussitôt. Je me remis alors à boxer le moral du restaurateur.
- La voiture de Rochefort n'a pas bougé de toute la période de son congé. Je ne pense pas que ce soit ta femme de ménage, ou un quelconque employé de ton gourbi qui a piqué les clefs de la voiture. Vous êtes deux sur ma liste de suspects. Aïcha et tézigue Avec une préférence pour toi... Tu as un casier de trafiquant. Je me doute bien que tu n'as pas raccroché.
- Pourquoi ce serait moi ? dit-il. Aïcha baisait avec lui. Elle a pu aller dans sa voiture.
- Oui ! Mais l'ADN a parlé !

Je faisais régulièrement le coup de l'oiseau pour faire avouer les méchants. Mais celui de l'ADN marchait pas mal aussi. Le bluff c'était la meilleure arme contre les criminels. J'en usais et j'en abusais.
Bob Leborgne avait perdu son esbrouffe. Il se recroquevillait de plus en plus sur le fauteuil. Ce con allait disparaitre de ma vue.
- Je répète ma question. Pourquoi Aïcha est-elle venue te voir ce matin ?
- Pour me payer... Cette pute avait promis que si je mettais de quoi compromettre Rochefort, je toucherais vingt-cinq mille euros.
- Au prix du gramme entre 60 et 80 euros cela te faisait un bon bénéfice, à ce que je vois... Elle ne voulait pas te régler ?
- Je ne sais pas... Elle ne donnait plus signe de vie. J'ai cru

qu'elle m'avait doublé. Je l'ai menacée et elle est venue me filer le pognon.

- La balance a mentionné cent-vingt grammes. Tu vas plonger et tu devrais m'en dire davantage sur ce que trame cette fille ?

- Je vous le jure commissaire... Je ne savais pas qu'ils avaient l'intention de liquider Rochefort.

- Qui ça ils ?

Sous la pression, Bob Leborgne s'était déstabilisé. Il riboulait des prunelles car il venait de se rendre compte qu'il en avait trop dit. Sans le faire exprès, il venait de me rencarder sur la présence des supposés tueurs.

- Les deux bics qui sont venus avec elle, une semaine avant.

- Tu veux dire deux magrébins, espèce de raciste !

- Pardon ! C'est là que j'ai vu la fille pour la première fois. Elle était canon et cela m'a étonné qu'elle se balade avec des gougnafiers pareils. Je peux les appeler comme ça monsieur le flic de gauche ?

Je fus sur le point de lui refiler une baffe.

- Ils se sont baladés sur la plage et après ?

- Ils sont rentrés et ils ont commandé du thé à la menthe. Puis ils se sont cassés. Je n'ai revu la fille qu'au bras de Rochefort lorsque celui-ci est arrivé samedi.

- Ils sont comment ces deux types ?

- Un grand nègre et un petit... magrébin.

Ce n'était pas la peine que je me fatigue à lui expliquer que le mot « nègre » n'était plus à la mode depuis qu'un éditeur, sans éthique littéraire, avait modifié le titre du roman de l'écrivaine Agatha Christie « les dix petits nègres », afin de plaire à une élite de bobos minoritaire.

La commandante entra et je lui fis part des aveux de Leborgne. Du coup, on lui signifia le départ de sa garde-à-vue et je lui mis les bracelets. On l'abandonna sur une chaise. On demanda au jeune barman d'être témoin et de nous accompagner pour la perquisition. Durant une heure on fouilla le bastringue, les cinq bungalows, et son appartement... La femme de ménage nous précéda avec le trousseau de clefs de l'hôtel. On dénicha dans la partie privée, qui se situait au deuxième étage, d'autres sachets de drogue, une dizaine au total, caché dans une boite à chaussures, dans un placard de son dressing, ainsi que des armes. Une Winchester et deux semi-automatiques, dont les numéros de série avaient été effacés à l'acide. Il y avait aussi les vingt-cinq mille euros dans un beau marocain jaune.

On avait de quoi l'emballer et le déférer devant le parquet.

On appela le commandant Leblanc pour qu'il nous envoie un panier à salade. Sur la Yamaha il n'y avait que deux places. En attendant le lieutenant, qui avait gagné le pompon pour cette tâche de conducteur, je commandai au barman un double scotch. Patricia prit un soda. Nous étions en service et elle avait des principes que je n'avais plus depuis des lustres.

– Cela fait quinze euros ! dit le serveur.

Leborgne était sur une chaise, à trois mètres, et il avait des yeux révolvers.

- C'est la tournée du patron. A la tienne Bob... Donne-lui un verre d'eau. De se mettre à table ça donne soif.

Le lieutenant Bonhoure prit livraison du colis. Il n'était pas venu seul. Deux agents l'accompagnaient. Il me notifia que je devais rentrer dare-dare pour établir mon rapport au sujet de l'arrestation. Le divisionnaire avait l'intention de continuer à me faire chier. Je faillis refuser mais la main de Patricia se posa sur mon bras.

- Va lui torcher vite fait ce rapport. Il nous fichera la paix. Et rejoins-moi au Radisson Blu.

La perspective de cette future soirée gomma ma mauvaise humeur. Je rejoignis la XV950R. Elle était couverte d'une couche sableuse et collante. Elle avait besoin d'une bonne douche. Tout comme moi !

J'avais coupé la parole au piaf

Le rapport terminé, je rentrais à l'hôtel. Nous avions convenu de ne pas tomber trop tôt sur le poil d'Aïcha. On voulait lui laisser le temps d'aller retrouver ses complices, en voiture, ce qu'elle devait immanquablement faire dans les heures futures. C'était ce que nous pensions et espérions fortement.
Était-ce aussi, parce que, nous avions envie d'un prétexte pour nous offrir une autre récréation romantique ? Nous avions des métiers difficiles, sans aucune vie de famille, et avec un sac chargé de solitude que nous courbait l'échine, chaque jour. Aussi, quand nous avions la possibilité de le laisser sur le pas de la porte de notre quotidien, nous n'hésitions pas longtemps. On s'empressait de brûler les étapes. Si nous étions du style à coucher le premier soir, ce n'était pas parce que nous étions portés sur le sexe, mais parce qu'on avait l'intime conviction que l'on pouvait claboter le lendemain en prenant une praline ou un coup de couteau.

Comme la veille, nous prîmes l'apéro sur la terrasse et l'on profita du coucher du soleil. Le dieu du ciel, nous eut encore à la bonne. Il permit aux misérables humains, que nous étions, de contempler, pour la deuxième fois consécutive, son arc-en-ciel qui se prenait les pieds dans l'horizon du large. On sirota nos verres et l'on fit le point sur le boulot. J'étais revenu avec de bonnes nouvelles. Le lieutenant Bonhoure et son équipe avaient déniché trois adresses susceptibles d'avoir été la base de nos tueurs. Une, notamment, dont le propriétaire était une société étrangère, qui ressemblait fort à une société écran. Ce qui la mettait en pole position c'était que l'acquisition de cette baraque était récente... On partit du principe d'aller y faire un tour. Je soulevai une idée :
- On a le témoignage de Leborgne pour faire tomber Aïcha pour trafic de stupéfiant et fabrication de fausses preuves. Elle va savoir, si ce n'est déjà pas le cas, que le taulier est arrêté et qu'il l'a mise en cause. Elle risque de se faire la malle.

- Tu penses qu'il faut aller la cueillir à l'aurore avant d'aller visiter leur repère ? m'interrogea Patricia.

- J'en ai bien peur... Tant pis pour le traceur ! On n'est pas sûr qu'elle veuille rejoindre la planque. Il y a un risque que celle-ci soit vide et que les tueurs soient déjà loin. Si on tarde trop, on n'aura ni la beurette ni ses hommes de main.

- D'autant que ce ne sont pas ceux-là qui nous intéressent ! précisa la commandante.

On tomba d'accord pour sauter Aïcha à six heures du matin, heure légale pour toute arrestation. Ce qui nous faisait une autre excuse pour nous rendre au restaurant et se coucher tôt...

*

A six heures pile je stoppai la Yamaha, sur le parking, à côté de l'Austin. Il pluviotait pour ne pas changer. Et nos blousons étaient couverts d'humidité, sans parler de nos cuisses. C'était assez limite pour ne pas être gêné durant la journée avec des vêtements mouillées. Jusqu'à maintenant, nous avions réussi à passer à travers les gouttes, lors de nos déplacements.

Patricia récupéra son traceur et l'on monta au quatrième. On actionna le carillon, on tambourina sur la lourde, on cria son nom, nib de nib ! On avait réveillé tout l'immeuble mais on était devant une porte close.

- Que fait-on ? demanda de Roche Clair ?

- Ce que fait chaque fois le commissaire Marcello Visconti, répondis-je avec un sourire espiègle.

Je sortis mon petit nécessaire de monte en l'air, que j'avais eu la précaution de laisser en permanence dans mon top-case. En moins de deux, la serrure céda. J'étais devenu un as en la matière.

Si un jour tu quittais la police, je sais en quoi tu pourrais te reconvertir. En...

- Détective ! Et pas voleur ! Non mais...

J'avais coupé la parole au piaf. C'était un vulgaire moineau. Un bouffeur de miettes, ceux qui viennent te picorer entre les jambes quand tu te tapes une bière à la terrasse d'un café.

La caille s'est envolée !

- Je crois que tu as raison. Mais es-tu là pour me traiter de futur cambrioleur ou pour me dire un truc de sensé ?

Je te connais... Maintenant, tu vas t'empresser de foncer, tête la première, pour aller investir leur planque.

- Et alors ? J'ai toujours fonctionné comme ça. Aller vite, le plus vite possible ! C'est ma devise.

Je l'admets mon petit bourre galonné. Mais tu n'es plus seul. Tu as une équipière. Tu devrais appeler tes copains du GIGN.

- Ce ne sont pas mes copains.

C'est bien cela le malheur. Bon je t'aurais prévenu. Je me tire au jardin public de la gare du midi. Il y a des bancs de vieilles qui donnent à becqueter aux pigeons. Je vais aller grapiller quelques miettes de pain.

- Pourquoi parles-tu de cambrioleur et de GIGN ? C'est ton oiseau n'est-ce-pas ?

- L'emplumé me conseille de faire appel aux forces armées pour aller visiter la planque en question, sous le prétexte que j'ai une équipière.

- Si j'étais un mec ton oiseau t'aurait-il conseillé ça ?

- Non ! C'est un piaf sexiste...

- Je m'en doutais. On va y aller tous les deux. On n'a besoin de personne...

Cette femme me plaisait décidément beaucoup. On visita le nid qui était vide. Comme l'avait dit le piaf, la caille s'était envolée. Dans la cuisine, on trouva un coffre-fort, ouvert et vide. Que pouvait-il bien y avoir à l'intérieur ? Un instant je crus déceler dans le regard de ma partenaire comme un voile de déception. Etonnamment, Aïcha avait abandonné sa caisse. Elle était très méfiante et se doutait qu'on l'avait piégée.

La pluie avait cessé. Depuis le début de l'enquête, je portais mon Manhurin à la ceinture, caché sous mon blouson en cuir. Quant à la commandante, c'était un Sig Sauer, une arme plus sophistiquée. Il n'y avait pas photo avec mon vieux calibre. Ce Sig possédait quinze cartouches, 9 mm, parabellum. Une véritable arme de guerre... Il était composé de résine, seul le canon étant métallique, et il pesait donc moins d'un kilo, avec un système à double détente, ce qui lui donnait la sécurité d'un révolver, Nous étions parés. Comme armes de secours, nous n'avions que nos grandes gueules de flic.

La villa en question se situait au nord de Guéthary. On quitta la route pour s'enquiller dans un chemin de terre tortueux. Je faillis perdre l'équilibre dans une ornière. Il fut moins une que l'on se retrouve le nez dans la gadoue. Je jugeai prudent de stopper et de continuer à pied. On tomba sur un portail ancien, en plaque de fer blindée, et un mur qui courait de droite et de gauche. Il n'y avait pas de caméra. C'était une bonne nouvelle. Le portail était fermé à clef. Jusque-là rien d'extraordinaire, vu le contexte. On évita de faire les zigotos, à cheval sur le portail, et l'on fila sur la gauche le long du mur, ce qui nous parut le plus facile. Au détour d'un bosquet, je vis une vieille planche qui traînait dans les broussailles. On la plaqua contre le mur, et Patricia se porta volontaire. Je l'aidai en la poussant, et elle eut tôt fait de se retrouver sur le haut du mur. Elle était plus jeune que moi, d'une bonne dizaine d'années, mais elle était très entraînée. Ce qui n'était pas mon cas... Soulever ma brioche à cette hauteur fut un challenge plus compliqué. Mais elle me tendit la main et je pus ainsi me hisser à mon tour sur le mur.
On sauta de l'autre côté. Pour repartir il nous faudrait trouver une autre sortie. Mais on en n'était pas là !

La villa était plutôt une ancienne demeure. Elle ne rivalisait pas avec la villa Belza, à Biarritz, dans le style néo-médiéval du dix-neuvième siècle, mais c'était une petite réplique et elle datait de la même époque. On s'approcha avec précaution. On entendait mugir, en contrebas, monsieur l'Océan, qui n'avait pas l'air content de notre présence importune... On s'arrêta à couvert, derrière une haie, où l'on put observer, de la sorte, le petit port, avec son hangar à bateau. Il y avait un pneumatique muni d'un imposant moteur hors-bord. C'était une excellente nouvelle. La planque n'était pas vide. On sortit nos outils de leurs étuis. Et l'on progressa vers la maison.

A ma Breitling il était huit heures. Nous étions debout depuis cinq heures. La demeure était silencieuse, paraissait endormie. Les occupants faisaient la grasse matinée. Dans les arbres du parc, les oiseaux s'égosillaient, dans une sorte d'appel joyeux au printemps. Le vent avait emporté la pluie au loin. La voie était libre... Je passai le premier, gravis les marches du perron. Certaines, abîmées étaient émoussées et l'une d'elles bougea à mon passage. Je m'arrêtai de respirer. La main droite crispée sur la crosse du gun. Patricia se tenait en retrait, agenouillée derrière une jarre, dégoulinante de feuilles d'Hortensias. Prête à faire feu pour me couvrir, le cas échéant. La porte d'entrée, en verre opaque, barricadée d'une grille rouillée, était fermée à clef. Je tendis l'oreille contre mais n'entendis aucun bruit à l'intérieur. Il n'y avait peut-être personne ? pensai-je. Soudain, un avion creva le ciel et nous fit hésiter. Il volait bas. Il s'en allait vers l'océan. Vers le soleil. Le silence revenu, je fis signe à la commandante de faire le tour par derrière, voir s'il y avait une autre possibilité. Il était prévu de communiquer par SMS. Naturellement nous avions positionné nos portables en mode silencieux. Il n'y avait que dans les séries débiles où le héros était piégé parce qu'il avait zappé cette élémentaire notion de prudence.

Toujours à l'affut, derrière la porte, je scrutai l'écran de mon téléphone. Soudain, un message apparut :
« Il y a une fenêtre ouverte. J'entre et je viens t'ouvrir. »

Ce n'était pas la bonne méthode. Je voulais que nous entrions ensemble. Je lui répondis mais silence radio.

Accroupi derrière cette putain de porte, je commençais à avoir des crampes et je trouvais le temps long.

Brusquement, trois coups de feu éclatèrent. Un premier suivi de deux autres rapprochés. Dans cette ambiance matinale et ouatée, ces déflagrations eurent une dimension dramatique décuplée. Paralysé, impuissant, contre la porte qui demeurait bouclée, j'eus un instant de panique. Le temps était suspendu. Quelle était la meilleure décision à prendre ? Je fis le tour de la demeure pour trouver cette purée de fenêtre.

Derrière, il y avait une vieille terrasse, avec une glycine qui grimpait le long de la façade. Un bassin rempli d'une eau verte et croupissante, appuyait le trait délabré de cette partie de la maison. A peine étais-je arrivé que j'aperçus le dos d'un type qui s'enfuyait. Il était déjà loin et il courait en direction de la crique. Je n'hésitai pas. De Roche Clair était un officier de police, gradé, et elle avait pris ses responsabilités... Je n'avais aucune idée de ce qui s'était passé à l'intérieur de la villa. Je partis du principe qu'elle avait eu le dessus et que mon devoir était de terminer le boulot.

Je galopai après ce bâtard présumé. Quand je parvins au début du sentier qui permettait d'accéder à l'escalier qui descendait vers le mini-port, l'inconnu, un grand black, s'activait déjà sur le zodiac. D'où je me tenais, je fis une première sommation et fis feu dans sa direction. J'entendis le moteur vrombir et j'eus le temps d'apercevoir le fuyard brandir une arme et me viser. Je plongeai en avant au moment où il fit feu. Plusieurs abeilles me sifflèrent aux oreilles. Je répondis à mon tour, et vidai le chargeur, en faisant gaffe, comme toujours, de conserver une dernière balle. Le black était un aussi piètre tireur que moi. Il me fit un signe de la main, libéra l'amarre et le zodiac fonça droit devant lui. Comme une andouille, je n'avais plus qu'à revenir au plus vite sur mes pas. Il était temps que j'aille prêter main forte à Patricia.

J'enjambai la fenêtre et sautai à l'intérieur. C'était une pièce avec un placard, des étagères vides, des photos de footballeurs, maintenant à la retraite, aux murs, et un bureau de gosse, avec une plaque en verre sur le dessus, qui n'avait pas empêché le gamin d'y graver des graffitis vengeurs.

Après, je tombai sur un couloir. Je sentis l'odeur de la poudre. J'avançais avec la prudence, requise en pareil cas. J'appelai mon équipière mais personne ne me répondit. Soudain je vis une paire de pompes avec des chevilles dedans. Le corps était immobile, allongé à cheval entre le couloir et la pièce suivante. Je m'avançai... C'était un nord-africain. Il avait choppé deux bastos dans la poitrine. Son Beretta était tombé à côté. C'était donc lui qui avait ramassé les derniers coups de pétard.

- Patricia... Répond merde ! gueulai-je, les nerfs à vif, sentant sourdre une angoisse légitime.

Seul, un gémissement me répondit... Je me précipitai dans la pièce contigüe. C'était une piaule qui puait le vieillard malade. La commandante était couchée sur un vieux tapis qui buvait le sang d'une vilaine blessure, qu'elle avait à l'épaule. C'était elle qui avait pris le premier tir. A priori elle tournait le dos à son agresseur.

La blessure ne semblait pas être trop grave mais elle perdait beaucoup de sang. J'appelai les secours en premier. Puis je la mise en position de PLS et fis un point de compression sur sa blessure. Je n'avais plus qu'à attendre les pompiers.

J'en profitai pour bigophoner à Leblanc, de la main gauche, puisque je tenais fortement un petit coussin sur la plaie pour stopper le sang. Je lui demandai de rappliquer au plus vite. Nous devions faire le nécessaire pour intercepter ce zodiac.

J'avais agi comme un gland. J'aurais dû écouter le moineau... Le bilan était catastrophique. L'arabe était mort. L'africain avait filé. Et un officier de police était blessé dans un triste état. J'espérais que sa blessure ne soit pas grave mais je n'en étais pas certain.

Elle était dans une chambre

La police maritime retrouva le pneumatique abandonné sur la plage de Milady. C'était une plage fréquentée par les biarrots. Les vagues pouvaient y être très brutales. Le fuyard était parti on ne savait où. On lança un avis de recherche mais avec une certaine réserve. Le commandant Leblanc voulait éviter que son commissariat ne soit rempli en quelques heures par un lot d'africains grands et costauds. C'était le seul signalement que nous avions.

Durant ce temps, je m'étais mis en moto au cul du camion des pompiers qui avaient conduit, sirène hurlante, mon équipière au centre hospitalier de la côte basque, à Bayonne. Une équipe l'avait immédiatement prise en charge. On m'avait demandé de patienter. Comme une bête en cage, j'arpentai le couloir, et tentai à chaque passage d'infirmière d'en savoir davantage sur l'opération qui était en cours. Il y avait deux autres types qui attendaient aussi. Ils avaient une drôle de dégaine... On s'était regardé en chien de faïence puis ils étaient partis, accompagné d'un médecin. J'appelai à plusieurs reprise le commissariat pour suivre l'évolution des recherches, et je ne pus cacher ma déception, quand j'appris que le zigomar nous avait échappé.

Vers midi, une infirmière vint me prévenir que je pouvais voir Patricia. Elle était dans une chambre. Elle était consciente et je pouvais lui parler cinq minutes, car elle était très faible et il y avait eu des complications cardiaques lors de l'intervention. Je promis et me précipitai.
Elle était dans son lit, et n'avait pas l'air en si piteux état que ça. Je m'étais attendu à la voir avec un visage exsangue, aussi blanc que le drap qui la couvrait mais, bizarrement, elle avait quelques rougeurs sur les pommettes. Je pensai qu'elle était dopée. Je tirai un tabouret métallique pour lui parler. Elle me regardait sagement avec un sourire qui se voulait réconfortant.
- Je suis désolé... Je n'aurais pas dû t'entraîner là-dedans.

- Ne sois pas idiot ! Écoute-moi plutôt. On n'a pas le temps.
- Ok ! Raconte-moi ce qui s'est passé.
- Aucune importance. Il m'a tiré dessus, me suis retournée et je l'ai plombé. Je ne suis pas flic Marcello... Du moins pas comme tu le crois... Je fais partie de la DGSI.
- Merde ! ne sus-je que répondre.

Me parler, semblait-il, lui était difficile. Son visage parfois se crispait sous l'effet d'une douleur subite. Elle tenait ses mains posées à plat sur le drap. Ces jolies mains qui m'avaient fait croire, durant deux nuits, à des jours meilleurs... Elle reprit. Elle articulait avec difficultés.
- Nous avons de forts soupçons sur plusieurs types qui feraient partie d'un groupe de terroristes. Ils préparent un attentat sur la plateforme de la COPOLD. On collabore avec le service anti-terroriste et j'ai été chargé de t'épauler.
- Mais pourquoi moi ? Je n'ai pas du tout les épaules pour ce genre de mission...
- Nous devions faire croire que nous nous trouvions devant une simple affaire de meurtre ne relevant que de la criminelle. Tu es le meilleur et tu as été choisi.

Cette brosse à reluire de la part de Patricia me laissa sceptique. Mais je n'avais pas le temps de répondre là-dessus. Je l'invitai à poursuivre. Elle me réclama à boire.
- Nous surveillons le directeur de la société, François Rohani, de s'être radicalisé depuis une vingtaine d'années. C'est une nouvelle tendance qui est en train d'émerger. Et il n'est pas le seul. Il y a de nombreux imans extrémistes qui œuvrent depuis des décennies. Ils sont en train d'en recueillir les fruits... Il y a ceux qui sont radicalisés, très vite, en quelques mois à peine, souvent dans les prisons, par internet, mais il y en a d'autres qui se préparent durant des années à l'avance. Ils sont brillants. Ils se présentent dans les concours administratifs ou d'écoles renommées, pour accéder à des postes de pouvoir afin d'agir, plus tard, contre les intérêts des roumis, des mécréants, que

nous sommes censés être à leurs yeux. Celui-là s'est affublé d'un prénom « François » qui n'est pas le sien.

Cette longue tirade avait été difficile. Je la laissai reprendre son souffle.

- Il a fait quoi comme école ce Rohani ?
- Polytechnique ! Il est sorti dans les premiers de sa promo.
- Et vous le soupçonnez ? Sérieux ?
- Depuis des mois nous le surveillons. Il est malin. Nous avons de fortes suspicions mais ce n'est pas suffisant pour le coincer. Nous savons qu'ils sont cinq sur le tanker, peut-être plus. Ils vont passer à l'action pendant une visite ministérielle samedi. La protection de la plateforme doit être assurée par une frégate multi-mission de la marine et la sécurité habituelle, lors de ces déplacements officiels, doit se charger de la visite.

Je réalisai que le commissaire Visconti s'était fait balader. Ce que j'avais soupçonné, en visitant la plateforme, c'est-à-dire une visite avec tralalas et petits fours, Patricia était au courant depuis longtemps. Les balades de nos représentants politiques ne s'improvisaient pas. Elles étaient programmées à l'avance. C'était pour cette raison que les services secrets et les mecs de l'anti-terroristes étaient sur le coup. Je pensai, soudain, aux deux inconnus que j'avais visionnés dans le couloir de l'hosto. Des petits copains à Patricia qui étaient venus aux nouvelles de sa santé... Je ravalai mon ressentiment. Patricia n'y était pour rien. Elle obéissait aux ordres.

- C'est compliqué... Pourquoi vous n'annulez pas ?
- C'est ce qui est prévu si nous n'arrivons à rien... Au dernier moment, l'hélicoptère, qui transportera la délégation, pourra se poser à l'arrière de la frégate. Il nous reste deux jours pour mettre la main sur la liste des terroristes qui travaillent sur le tanker.
- Une liste ?
- Oui ! Nous savons qu'elle existe. Rohani est sur écoute et il y a fait allusions une fois. Une liste ou un dossier ? On ne sait

pas. C'est lui qui orchestre l'attentat. Mais ce personnage-là a des appuis. Il nous faut absolument la preuve de cette liste.

- Je croyais que la loi autorisait des perquisitions dans ce cas précis ?

- Tu as raison... Nous le ferons... Mais il y a d'autres infiltrés que nous ne connaissons pas... L'hydre à de nombreuses têtes. C'est pour cela que nous attendons jusqu'à la dernière heure.

Patricia, soudain se mit à tousser. Elle avait beaucoup parlé et elle semblait s'étouffer. Je me levai et lui tendis le verre d'eau. Elle avala une gorgée et se laissa retomber sur l'oreiller. Une infirmière approcha et observa les instruments de mesure. Elle vérifia la perfusion, puis elle me demanda de sortir. Je croisai un jeune médecin qui arrivait en coup de vent. La porte claqua et je me retrouvai encore dans la salle d'attente.

Patricia fut mise sous sédatif et je passai le reste de la journée, à son chevet.

A dix-neuf heures, je reçus un coup de fil de Leblanc. Il me demandait de rappliquer. Patricia était en de bonnes mains. Elle devait juste se reposer. Je sautai sur la Yamaha et roulai vers Biarritz.

Au commissariat on improvisa une réunion d'urgence. Dans le bureau, il y avait le commandant Leblanc, le lieutenant Bonhoure et Pierre Jalil, le commissaire divisionnaire, et ma pomme. La scientifique avait passé au peigne fin la villa de Guétary et on en savait un peu plus sur le tueur. Il s'appelait Salma Ababou. Il était sorti de prison depuis quelques mois à peine. Il avait bénéficié d'une remise de peine après dix ans de gnouf aux Beaumettes. Tous les détenus avaient droit à un crédit de réduction basé sur la durée de leur détention, comme le permis à points. C'était le juge de l'application des peines qui prenait la décision après avoir consulté une commission constituée par le procureur de la république, du directeur de l'établissement pénitentiaire, d'un représentant du service de réinsertion et de probation et bien sûr, de lui-même. Salma

Ababou, d'après son dossier, avait passé un CAP de maçon, ne s'était jamais battu, avait eu une conduite irréprochable et il s'était tourné vers la religion. Bizarrement, c'était ce dernier argument qui avait été signalé comme très positif par le juge qui l'avait fait sortir.

Nous étions assis autour de la table et je m'abstins de faire des commentaires sur le laxisme de la justice, plus simplement sur leur manque de discernement et leurs finances étriquées.
J'écoutai le baratin du divisionnaire et pensai à ce que m'avait confié la commandante. Devais-je leur en parler ? Elle n'avait pas précisé que cela devait demeurer top secret. Aussi, je leur en fis part...
J'étais donc en pleine explication lorsqu'une pie grassouillette fit irruption. Elle avait la tête encagoulée d'un noir vermeil, son poitrail arrondi était d'un blanc immaculé et sa longue queue violine lui donnait l'air d'une princesse hautaine. Ce qu'elle était car elle s'adressa à moi avec une morgue évidente.
Désolée de m'immiscer dans votre petite réunion de plumitifs en manque de jugeote, mais vous devriez lorgner davantage sur les fréquentations de cellule de votre macchabé qui va bientôt bouffer les pissenlits par la racine.

Sur cette allégation magistrale, la pie, bien connue pour n'être qu'une sans vergogne, une sale voleuse, piqua la bouffarde du divisionnaire qui avait une bague en argent. Mais le poids de la pipe était trop lourd pour son bec, elle s'emmêla les pattes et lâcha son butin. J'étais scié et je me moquai :
- Tu aurais dû apparaître avec un autre bec !
- Plaît-il ? me jeta le divisionnaire...

Ce type n'avait pas la tête à aimer mon piaf ni les galéjades. Il avait perdu le sourire le jour de l'apparition de ses premiers boutons de puberté. Et il ne l'avait jamais retrouvé. Noyé dans cette cogitation, le volatile s'était fait la malle. C'était à moi de jouer et de ramener ma fraise :

- Sait-on avec qui il a partagé sa cellule ?

Ah ! J'avais balancé un galet dans la mare... Le lieutenant se mit à feuilleter ses notes, car il se croyait encore à l'école de police. Le divisionnaire Jalil me fusilla d'un regard coriace et je m'attendis au pire, quant au capitaine, et ce n'était pas pour rien s'il avait ce grade, se contenta de donner un coup de fil.
Cinq minutes plus tard, ses bajoues s'étirèrent d'un sourire satisfait.
- Il a passé plusieurs années avec deux autres détenus.
- Oui mais encore ? dis-je, impatient.

Je ne supportais pas les types qui s'arrêtaient au milieu de leur raisonnement.
- Il y en a un qui est toujours en cabane... L'autre a bénéficié, lui aussi, d'une remise de peine, en même temps que lui. Il s'appelle Zineb Diabata.
- Il ressemble à quoi ?
- Un grand black !
- C'est mon homme ! Mais celui-là je ne l'ai pas dans la peau, chantonnai-je en voulant faire de l'humour.

Personne ne rit. Ou personne n'avait compris. Je continuai :
- Ce n'est pas une coïncidence, croyez-moi ! Il faut trouver où il crèche ?

Le lieutenant Romain Bonhoure, qui se sentait pisseux, depuis sa coucherie alibi avec la suspecte Aïcha, se porta volontaire pour se taper la recherche. On lui signifia notre approbation et il nous quitta aussitôt. A ce moment-là, mon téléphone vibra. Je décrochai. C'était l'hôpital.
Le jeune médecin avec lequel j'avais échangé deux mots, lors de ma visite, m'annonça une nouvelle qui me brisa le cœur. Patricia avait succombé d'une crise cardiaque. Les médecins avaient tenté de la déchoquer à plusieurs reprises sans succès.

Le commandant vit immédiatement à ma gueule défaite qu'il se passait un truc de grave. Le divisionnaire me regardait aussi sans comprendre. C'était comme si je m'étais ramassé un sale coup de matraque sur l'occiput. J'étais complétement sonné. Mon visage s'était vidé de son sang et je faillis tomber dans les vapes. Sous l'annonce de la nouvelle, je m'étais levé. Mais les jambes renonçaient à me supporter et je dus me réassoir. Cette femme, si belle, si forte, si intelligente, avait succombé à cause de moi, et de l'éternel, de l'incommensurable orgueil que je me traînais depuis que le piaf m'était apparu, pour la première fois, sur le haut de l'armoire de ma piaule d'étudiant à Marseille.

Depuis des années je côtoyais la mort et j'avais bu jusqu'à la lie ma dernière goutte de larmes. Par contre j'avais un poids qui m'entravait la gorge. Je tremblais. Je me sentais coupable et je le dis au commandant. Le pauvre gars, dépité, essaya de me remonter le moral, avec des mots, des phrases, comme des coups de canons qui rataient leur cible. En désespoir de cause, ils me laissèrent seul dans la pièce, avec ma culpabilité et mon chagrin.

Ayant repris, une heure plus tard, du poil de la bête, je mis le nez dehors et appelai un taxi. Pour ce que je voulais faire, il n'était pas prudent de prendre la moto. Je me fis conduire, là, où nous avions projeté de passer la soirée, Patricia et moi.

Le port des pêcheurs était oublié des touristes ou presque. Il se situait en contrebas de la route qui sillonnait la côte. Nous avions réservé, une table chez Albert pour y passer une soirée romantique. J'envisageai d'aller y boire sans « modération ». Je ne pouvais plus saquer, depuis belle lurette, ces journalistes qui ne pouvaient pas dire un seul mot, à la télé ou ailleurs, sur une boisson alcoolisée sans prononcer cette foutue expression de merde et non moins officielle « avec modération » comme si nous n'étions pas assez adultes pour savoir que s'envoyer de l'alcool c'était l'idéal quand on voulait s'autodétruire.

J'achetai au bar une bouteille de scotch. La nuit tombait. Dans ce lieu ancien, dédié autrefois à la pêche, où la baleine était une proie privilégiée, à trois pas du rocher de la sainte vierge, je débouchai la bouteille, accoudé à une rambarde. Les digues anciennes reliaient la terre au rocher. Dans le port, il n'y avait que de vieux rafiots à la peinture écaillée... On était loin du faste des parasols et des serviettes cinq étoiles des plages chics. L'eau était noire comme mon âme. Le ciel sombre comme mon remord. Les lumières des bars et des restaurant typiques qui habitaient cet endroit ne me réconfortèrent pas. J'avalai des goulées et la brûlure de l'alcool dans mon tuyau à boisson déchira ma peine. L'église de la Belle Eugénie me rappela que tôt ou tard on passait chez elle avant notre ultime voyage. La famille de Patricia allait-elle faire appel au curé revêtu de sa planche à repasser ? Je n'en savais rien. Moi, ce que je désirais c'était me saouler pour oublier cette vie policière qui tailladait dans mes sentiments, à longueur de vie... Mon divorce, mes amis crevés par des malfaisants, mes amours déçus, et Patricia, qui s'envolait dans le nuage opaque de mes souvenirs heureux. Je ne sais pas comment, tard dans la nuit, je fis pour retrouver le camping et me coucher dans mon van.

Je sortis le Manurhin et le Derringer

J'émergeai de ma biture en milieu de matinée. J'avais un mal de tronche limité. C'était l'avantage d'utiliser un bon whisky pour ce genre d'aventure. Je ne me souvenais plus de la fin de la nuit. En me levant, pour me préparer un cacheton et surtout un café serré, mon œil fut attiré par un papelard. C'était un mot du commandant Leblanc. En réalité, je l'avais appelé au milieu de ma soulographie pour qu'il me vienne en aide et que je puisse pleurer sur son épaule. C'était lui qui m'avait ramené au camping et qui m'avait couché. Son petit laïus était plein d'humour afin de ne pas m'enfoncer davantage... J'étais au plus bas. Tous les flics traversaient ce genre de détresse quand ils perdaient un équipier. Patricia, j'avais l'impression de la connaître depuis des années alors que nous n'avions partagé que trois jours de boulot et deux nuits sur l'oreiller.

Un peu avant midi, je quittai le camping... Il y avait une ligne de bus pour rejoindre le centre-ville. J'observai le ciel. Il était dégagé. Les nuages gris s'étaient tirés pour permettre à ce qui restait encore de l'existence de Patricia, de rejoindre les âmes qui se comptaient par milliards, au sein du nimbe de lumière qui entourait notre minuscule planète bleue, depuis le début de notre humanité.
Heureusement le bus arriva et chassa, pour un temps, mes noires pensées. J'étais sacrément secoué et j'avais du mal à refaire surface. Assis sur un fauteuil unique, je regardai défiler les trottoirs. J'oubliais ma peine. Un autre sentiment entamait une Reconquista dans le fouillis de mes ressentis. Celui de la colère. Une colère froide et qui montait en puissance contre ceux qui étaient responsables de la mort de la commandante. En premier, le directeur de la COPOLD, l'instigateur de toutes cette merde. Cet homme à la pensée religieuse dénaturée qui croyait, malgré des études supérieures, qu'il suffisait de tuer un maximum d'incroyants pour accéder au paradis. Le djihad était fait de la même veine que l'inquisition qui avait décimé

l'Amérique du sud, brûlé les cathares, et tous ceux qui ne pensaient pas comme la sainte Église romaine de l'époque.

Au commissariat personne ne fit allusion à mon retard et à ma gueule fatiguée. Je réclamai un ordinateur et je me mis au boulot. Je cherchai un maximum d'informations sur François Rohani. Je finis par trouver. Je saluai les collègues et quittai le commissariat. Je récupérai la Yamaha et pris la direction de l'hôpital. Je désirais faire mes adieux à ma collègue.

Je m'adressais au médecin que je connaissais. Il parut assez embarrassé quand il entendit ma requête. Il commença par me dire que ce n'était pas possible. Puis, il lâcha le morceau. Tôt le matin, des hommes assermentés étaient venus récupérer le corps. Ils avaient un ordre de la préfecture.
Je m'en allais, dépité, plus malheureux. Les agissements de la DGSI n'avaient rien de logique. Devant ces énergumènes, je n'avais pas le choix. Accepter et me taire.

Je retournais au camping. J'avais un plan mais je ne pouvais le mettre à exécution qu'en soirée. Nous étions jeudi en début d'après-midi et l'échéance de l'attentat approchait. Patricia ne m'avait pas tout dit... Peut-être ne le savait-elle pas ? En quoi consistait cet attentat ? Faire sauter le tanker et provoquer une marée noire pour affaiblir notre économie énergétique pour le profit de pays producteurs comme l'Iran ou les pays du Golfe ? Assassiner nos ministres pour mettre à mal la république de la même façon qu'ils massacraient les policiers, les professeurs, et tous ceux qui portaient les valeurs de la démocratie ? Ou bien perpétrer une tuerie de masse comme à Paris ou à Nice pour entretenir un climat de terreur ? Peut-être alors les trois à la fois... Ces gens ne reculaient devant rien.

Au lieu de me poser des tas de questions dont je n'avais pas les réponses, je m'équipai. Je glissai mon feu dans l'étui que je portais dans le dos et fixai, un Derringer, à double canons, le long de mon mollet droit. Cette petite arme de défense était un souvenir récent, que j'avais piqué à une femme que j'avais aimée, et qui était en prison, grâce à mes talents d'enquêteur. Je mis le cap sur la planque de Guétary. Pas tellement dans l'idée de trouver un indice supplémentaire, car la scientifique avait bien fait le taf, mais plutôt pour passer le temps, afin de me concentrer peinard pour ce que je projetais de faire et qui n'était pas sans risques. A la fin de l'après-midi, j'enfourchai ma monture de fer et pris la direction des terres. En fouillant l'internet, j'avais déniché l'adresse personnelle de Rohani. Il créchait dans une demeure discrète au sud de Saint-Jean-pied-de-port. Le directeur de la COPOLD aurait pu loger, à Biarritz, comme ceux qui en avaient les moyens, dans la zone célèbre et historique qui était proche des palais, de la plage, du casino et des boutiques de luxe. Mais il avait opté pour l'isolement. J'avais une heure de trajet environ en moto. Il était dix-huit heures. Cela me faisait arriver avant le retour de Rohani, qui se déplaçait avec un hélicoptère qu'il pilotait lui-même. Une bonne partie de la société se la pétait sur les réseaux sociaux, en permanence, et certains malfaisants, moins futés que leurs confrères mafieux, nous facilitaient la tâche pour mieux les pister. François Rohani était discret et ne publiait pas grand-chose, à l'exception d'une fois, il y avait quelques années, lors de l'obtention de son permis de pilote, de la photo de son hélico.

Google Maps m'avait permis de voir qu'il existait une zone d'atterrissage en haut de l'immeuble de la COPOLD. J'avais pigé que si l'adresse du directeur était si éloignée c'était parce qu'il se déplaçait très vite... Un homme de son envergure ne pouvait pas se permettre de perdre trois heures de trajet par jour pour aller au bureau. Tout bon terroriste qu'il était, il devait donner le change, avec une présence assidue, au conseil d'administration et aux actionnaires de la société.

C'était un petit château blanc avec un chapeau pointu qui lui servait de toit. Flanqué de deux tours rondes de chaque côté, la bâtisse possédait trois niveaux plus un quatrième avec des ouvertures rondes et minuscules qui servaient à donner un peu de clarté à tous les gens de maison de l'époque, lorsque ceux-ci allaient quérir un repos bien mérité.

Le lieu était discret... Il n'y avait aucun voisin aux alentours. J'avais traversé des champs, puis une forêt épaisse balisée de nombreux panneaux de propriété privée. Le château, comme un énorme baba au rhum, et recouvert de chocolat, trônait au milieu d'un parc entretenu avec des pins parasols centenaires. Ils étaient des géants. L'épaisseur des troncs impressionnants. Le proprio qui avait fait construire le château avait dû planter ces arbres en même temps.
J'entendis arriver l'hélicoptère avant même de l'apercevoir passer au-dessus de la demeure. J'avais caché la Yam, dans un chemin étroit qui entrait sous l'épaisseur des chênes, des peupliers noirs et des frênes à une bonne centaine de mètres de l'entrée. La piste d'envol se situait derrière le château. Je m'étais hissé sur un arbre pour mieux zieuter ce qui se passait. Je commençais à être connu, aux yeux de mes collègues, pour ce genre d'investigations dont j'avais une expérience certaine. Sur la façade que je pus observer, durant, une heure je ne vis absolument personne. Il n'y avait aucune voiture de garée sur l'allée mais cela ne signifiait rien. Il pouvait y avoir un garage ailleurs, hors de ma vue. La vie quotidienne devait se dérouler de l'autre côté. Je me décidai à quitter mon perchoir, et filai le long du mur. A contrario de la planque de Guéthary, je ne trouvais aucune ficelle pour escalader ce mur haut de près de trois mètres et qui faisait le tour de la propriété. Le seul point faible c'était le portail que je pouvais escalader sans trop de mal. J'avais vu une caméra accrochée à un poteau, à proximité de l'allée et je n'avais pas le choix. J'espérais juste qu'elle ne servait qu'à identifier un visiteur qui s'annonçait à l'entrée. Pour mettre toutes les chances de mon côté, je devais attendre la nuit. Je m'en retournai à la moto et allumai une clope. De

l'intérieur du top case, je sortis un sandwich et une bouteille de bière. Je n'avais rien avalé depuis vingt-quatre heures. Le whisky nourrissait son homme, certes, mais j'avais vomi la majeure partie de la bouteille que je m'étais enfilée pour noyer le chagrin. De penser à nouveau à cet épisode, raviva ma peine et consolida ma colère. J'avais raison d'être là, et de tenter de faire ce que j'envisageais, contre toute procédure et de logique policière. J'étais maboule et c'était pour cette raison que les parisiens du 36 m'avaient bazardé chef de ce groupe bidon, afin de limiter la casse si la moindre opération foirait. Mais j'étais un optimiste né et je n'envisageais jamais l'échec.

Je sortis le Manurhin et le Derringer. Je les démontai, vérifiai leur bon fonctionnement, et comptai mes cartouches qui se baladaient dans les poches de mon blouson. Je m'assurai, en la palpant à travers ma poche intérieure, de la présence de ma petite trousse à outils pour craquer les serrures, et ajoutai à ma panoplie de gentleman cambrioleur, mon portable qui allait me servir de torche, le cas échéant, plus un couteau à cran d'arrêt. Pas de cagoule, cette fois ! Je comptai agir au grand jour des lumières de la nuit.

A minuit passé de quelques minutes, à l'heure du crime, des fantômes et des zombis, j'escaladai le portail, sans trop de mal et je m'en étonnais presque. Si Patricia avait été là, elle aurait été fière de son équipier.

A l'intérieur de la place je progressai précautionneusement. Je contournai le château par la gauche. Je préférai m'attaquer à une porte moins mastoc que la principale qui devait posséder une serrure qui datait de Mathusalem. Derrière il y avait de l'éclairage. C'était assurément l'endroit de vie privilégié des habitants. Le lieutenant Bonhoure m'avait assuré que Rohani était célibataire mais cette information n'était pas forcément fiable. Il devait y avoir du personnel et peut-être une maîtresse du moment. Je devais la jouer fine et me méfier. Je longeai une immense piscine et cherchai une porte.

Le mauvais temps était de retour. Je me demandai au passage

si au pays des piments d'Espelette, le soleil faisait parfois plus de deux jours de présence. Je regrettais déjà la douceur de ma Camargue d'adoption. Un croissant de lune se détacha entre les nuages. L'éclat métallique d'un hélicoptère rouge, posé, à une centaine de mètres, attira mon regard. Il y avait derrière, un hangar où deux voitures étaient logées.

Enfin je trouvai une porte qui avait l'air d'être plus facile que les autres. Je sortis la trousse et la serrure s'ouvrit en deux minutes à peine. C'était une salle de jeux avec un billard au milieu, une télévision et un baby-foot... Soudain je craignis qu'il y ait des gosses. Je n'étais pas préparé à ça. Je continuai à chercher. Après avoir traversé un grand salon je trouvai un escalier monumental en marbre. Il colimaçonnait vers les étages. Putain ! C'était toujours coton de retrouver la chambre d'un mec dans des endroits pareils...

Je ne me décourageai pas.

Heureusement les couloirs étaient carrelés et ils ne craquaient pas comme les vieux planchers. Les semelles en caoutchouc de mes tennis, de première qualité, ne couinaient pas. C'était un critère de choix quand j'achetais ce genre de pompes.

Dans l'enfilade des portes, je comptais cinq piaules de chaque côté. Généralement dans ces baraques, quand il n'y avait pas d'ascenseur, ce qui semblait être le cas ici, les occupants, qui n'étaient pas masos, préféraient éviter de se taper des escaliers et installaient leur pieu au premier étage. Je privilégiai celles qui donnaient sur la piscine. Si j'avais habité ici, c'était ce que j'aurais fait, manière d'avoir un œil sur mon hélico et sur la partie ludique de la maison.

La première était fermée à clef. Je n'insistai pas. La deuxième s'ouvrit sans faire d'histoire. Il n'y avait personne. Et dans la suivante itou. Je commençais à transpirer. L'action, le silence, l'adrénaline, tout cela faisait un sacré cocktail. La prochaine était peut-être la bonne. Non plus ! Il ne restait que la dernière. Si mon raisonnement tenait la route. Après tout, c'était celle la plus éloignée de la piscine et des nuisances nocturnes quand il y avait des invités qui se baignaient jusqu'à pas d'heure. Ce type, j'avais cependant du mal à l'imaginer en maillot de bain. Je le voyais davantage en djellaba, une capote blanche sur la tête et agenouillé sur son tapis de prière.

La poignée tourna silencieusement. Il y avait un dormeur dans un lit à baldaquin. Rien que ça ! Sur la pointe des pieds je m'approchai. C'était un homme et il était seul. Il ronflait avec une certaine discrétion. Sauf qu'il était à plat ventre et que je ne distinguai pas son visage. Était-ce Rohani ? Mon pétard bien en pogne, et paré à toute éventualité, je m'accroupis et comme un chasseur, je l'épiai, prêt à lui jeter une mornifle s'il ouvrait les yeux. Le type grogna, il devait rêver.

Ne fais pas ça ! Ce type...

« Ferme-là sac à plumes ! Ce n'est pas le moment de me les bassiner » coupai-je mentalement la parole au piaf qui apparût soudain sur la table de chevet. C'était un Manchot Pygmée d'une quarantaine de centimètres et qui servait de lampe. Sa tête était coiffée d'un abas jour jaune.

Ne fais pas ça ! Je te dis que...

« Merde ! Retourne à ta banquise ! »

Je vis en Nouvelle Zélande et démerde-toi...

Et l'abas jour s'alluma brusquement. Le type se retourna. Il était hilare. La tête de l'oncle Tom... Une bonne bouille noire avec des dents éclatantes. Ce qui était éclatant aussi ce fut la voix qui résonna dans mon dos.

- Posez votre arme en douceur et retournez-vous.

J'aurais dû écouter mon le piaf... Il avait vu que la forme du type sous la couette était nettement plus grande et plus forte que celle de ce gringalet de directeur de la COPOLD. Aurais-je été assez rapide pour me tirer de ce piège à la con ? Pas sûr !

C'est lui le patron

Je me retournai.

Aïcha me braquait avec un révolver. Un OTS Stechkin, un vilain cinq coups à double action. Une arme russe qu'utilisait la police en Syrie. J'avais toujours eu cette curiosité morbide, cette faculté à identifier les armes que l'on pointait sur moi, afin de de savoir laquelle, un jour prochain, allait m'expédier sur la table du légiste.

La diablesse était vêtue d'un pantalon battle-dress noir, d'un ceinturon large en cuir qui tenait l'étui du joujou moscovite et d'un tee-shirt moulant blanc et décolleté qui mettait en valeur sa poitrine. Même en tenu de combat, la garce restait sexy ! Chapeau ! pensa l'énergumène que j'étais, incurable amateur des beaux châssis féminins jusque dans les moments les plus périlleux. Était-ce aussi une façon de garder la main sur le trouillomètre qui se manifestait ? Je posai le Manurhin sur le lit et levai les bras, avant que l'on me le demande. Pas trop haut quand même, il ne fallait pas exagérer mon humiliation. Le dormeur était bien réveillé, mais celui-là avait bien joué son rôle. Il me palpa sur toutes les parties du corps et il me dépouilla de mon Derringer et du reste. Il me laissa mon futal et je l'en remerciai en pensée pour cette délicatesse.

Derrière la demoiselle, apparût le maître des lieux. François Rohani en personne. Lui aussi était fringué comme pour aller à la chasse. Décidément, j'étais attendu. Étais-je à ce point si prévisible ? Sans doute... Je me faisais vieux ou ma façon de faire commençait à être connue. J'avais intérêt à changer mes méthodes mais en étais-je capable ?

- Vous saviez que j'allais me pointer, dis-je d'un air rogue.
- Quand on possède une si belle moto, on ne la laisse pas traîner, toute une nuit dans la rue, pour aller se biturer.
- Tu as collé un mouchard ?
- Ben oui mon petit commissaire.

Voilà que la belle me narguait. Elle utilisait les expressions du piaf. L'histoire recommençait. C'était la seconde fois que des malfaisants piégeaient la Yamaha. Sue ce coup j'avais gagné le coquetier !

- Et maintenant quel est le programme ?

Aïcha me fixa, fronça les sourcils et répondit, en désignant le mec du pétole :

- C'est lui le patron !
- Elle a raison, embraya Rohani. Je ne vais pas m'embarrasser d'un type comme vous ? Vous êtes venu me chercher et bien vous m'avez trouvé. Vous connaissez la formule ?
- Laquelle ?
- Allah Akbar...
- Oh là ! Oh là ! Vous y allez fort... Tuer un flic...
- Justement ! On aime bien... Zineb va se faire une joie...
- C'est con ! Vous allez tâcher cette jolie chambre...
- Dehors il y a un parc et on ira vous jeter en hélico dans la nature...

J'étais marron... En fait c'était un putain de couteau qui allait servir plutôt qu'une arme à feu. Moi qui avais toujours eu peur de me couper... La frangine me matait et ne disait rien... Je tentai une ultime tentative.

- Puisque vous avez l'air de si bien me connaître, vous savez pourquoi je suis là ? C'est parce que je suis cinglé et que je ne respecte aucune règle. C'est pour cette raison que la hiérarchie policière m'utilise. Ils me font passer devant pour déblayer le chemin, puis ils arrivent après, en toute légalité, pour alpaguer les vilains, comme vous...
- Cela veut dire quoi ce charabia ? demanda Rohani avec une dureté dans la voix qui me refila des frissons.
- Tout simplement que la propriété est encerclée par le GIGN, et la brigade anti-terroriste, que le procureur est présent, bien à l'abri derrière, avec son gilet pare-balle, et que si je ne donne pas signe de vie chaque demi-heure, ils investiront les lieux,

afin de sauver la vie d'un célèbre commissaire.
- C'est du bluff ! ponctua le polytechnicien.

Je répondis, d'un air désinvolte :
- Je suis leur joker ! Dans la lutte anti-terroriste, la police n'applique plus les mêmes règles... Nous nous sommes mis à votre niveau.

Mon téléphone était posé sur le lit. Rohani claqua des doigts. Le black le lui apporta. Celui-ci ne souriait plus. Il brandissait un poignard et je perdis un peu de ma fausse assurance. Aïcha reprit le dialogue à son compte.
- Bon ! On va leur expédier un SMS pour les rassurer. Dans combien de temps dois-tu appeler tes potes ?

Je jetai un œil à ma tocante. Mon idée tarte avait l'air de gazer.
- Je viens de les appeler il y dix minutes, juste avant d'entrer. Mais ils veulent entendre ma voix. C'est la condition... Si vous avez un bon imitateur vous pouvez tenter le coup. Sinon, il vaut mieux attendre avant de me déquiller.

La tension était à son paroxysme. Chacun cogitait. C'était la partie de poker la plus importante de ma chienne de vie. Je ne savais pas si les iraniens étaient forts à ce jeu. J'allais avoir la réponse très vite.
- Très bien ! On s'en va. On va aller se mettre en sécurité.

Le franco-iranien disparut. On me fit descendre au rez-de-chaussée. Le black voulait me lier les mains mais Aïcha le fusilla du regard et lui rétorqua de se mêler de ce qui le regardait. La souris avait le sens du commandement... Elle n'avait pas l'air d'apprécier le zouave. Nous étions dehors, sur la terrasse et nous attendions Rohani. Il avait dû perdre les clefs de l'hélico. J'en profitai pour poser une question à Aïcha.
- Pourquoi vous avez tué le capitaine Sallaberry ?
- Ce n'était pas prévu ! répondit-elle. C'est ce taré qui n'a pas

pu s'empêcher de le dérouiller à mort. Ces cons l'ont ensuite jeté à la mer. Je n'y suis pour rien...

- Et pour Rochefort, tu es innocente, aussi j'imagine ?

- C'était un traite... Mais oui ! Pour lui aussi je ne savais pas ? Je devais juste l'approcher pour avoir des renseignements.

Là-dessus, le directeur de la COPOLD débeula. Il tenait en bandoulière une sacoche d'ordinateur. Aïcha m'enfonça dans les côtes le canon du Setchkin. Le signal était donné et on se rendit au pas de charge sur l'aire de décollage. Rohani grimpa le premier. L'africain s'appelait Zineb. J'avais entendu Aïcha l'appeler ainsi. Celui-ci monta aussi devant. Il avait rengainé son poignard mais je n'étais pas rassuré pour autant. La jeune femme m'intima de grimper à l'arrière avec elle. Nous étions prêts pour le décollage.

- C'est un beau coucou ! tentai-je de plaisanter pour casser le silence mélodramatique qui empesait le cockpit. C'est un Airbus ?

- Non ! C'est un monomoteur chinois. Un AC311... me dit le pilote, avec un malin plaisir.

Puis l'hélico se mit en branle... On décolla. Je craignis que Rohani fasse un tour de reconnaissance autour de la propriété avec un projecteur afin de vérifier, s'il y avait bien toute une troupe planquée dans les sous-bois, mais il préféra jouer la prudence et monta très haut à la verticale du château. Puis, se croyant en sûreté, il mit le cap sur une destination inconnue.

Au terme d'un bout de temps, indéterminé, mais qui alla trop vite, car chaque seconde sonnait comme un compte à rebours en ce qui me concernait, la boite volante chinoise se posa sur un terrain vague. Dès que j'eus le pied dehors, je humai l'air frais et humide de l'océan. Il n'était pas loin. Je ne le voyais pas mais je perçus son souffle rythmé et puissant qui attaquait depuis la nuit des temps les falaises dans un éternel travail de sape. On me fit descendre. Je n'en menais pas large. L'endroit était lugubre et désert, tout indiqué pour assassiner quelqu'un. Je lorgnai Zineb et je m'attendais à ce qu'il sorte sa lame à chaque minute. François Rohani avait éteint le moteur de son hélicoptère. Nous étions à l'intérieur. De toute évidence nous attendions quelque chose. Aïcha avait son automatique à la main, dirigé vers moi. Il me vint l'idée de tenter une dernière sortie, mais le doigt manucuré posé sur la gâchette sensible du révolver, m'incita à repousser cette éventualité. Il était clair que tôt ou tard, je devrais prendre une telle décision. Il n'était pas question que Zineb m'égorge comme un mouton... Ce n'était pas l'heure de l'Aïd el-kebir.

Dix minutes plus tard, environ, des phares trouèrent la nuit. Une voiture cahotante empruntait le chemin de terre sur lequel nous nous étions posés. Les phares me permirent de voir qu'il n'y avait rien autour de nous. Un champ en jachère, envahi d'herbes folles. Pas un seul arbre... Pas une bicoque éclairée où j'aurais pu aller chercher refuge si je parvenais à me tirer de cette impasse, ce qui était fort peu probable. A ma montre il était deux heures du matin. Nous étions vendredi. L'attentat était programmé samedi. Il leur restait vingt-quatre heures. En investissant leur planque j'avais bousculé leur plan bien ficelé. Le premier repaire, où Patricia avait été blessée mortellement avait été découvert. Puis le suivant, le domicile de François Rohani, avait été mis hors-jeu par mes soins. Quel était leur plan C ? J'imaginais avec une quasi-certitude que tout était en place sur le tanker. Rohani allait jouer de sa baguette de chef d'orchestre à distance. Généralement les généraux n'étaient jamais volontaires pour les missions suicides. Ils préféraient expédier à la mort les benêts qui croyaient encore au paradis, à la virginité des femmes. Le patron de la COPOLD attendait un complice inconnu de nos services pour se replier chez lui. Quitte à disparaitre et à ficher le camp ailleurs vers un autre combat, loin de la COPOLD, après avoir accompli leur forfait. Ce type devait avoir ses arrières au Moyen-Orient ou bien ailleurs. Son château n'était qu'une planque. Son poste de directeur, juste une opportunité pour couler la boite.

Enfin, le franco-iranien s'extirpa de l'hélico. Le conducteur de la caisse était resté bien au chaud. Il semblait attendre je ne sais quoi. La silhouette de Rohani s'estompa dans la purée de la nuit. Il trimballait toujours son ordinateur sur lui. Ce qu'il y avait dedans semblait être très important pour la suite des évènements. Il n'avait pas l'air de vouloir s'en séparer. On le vit grimper à l'intérieur de la caisse. A ce moment-là, le gars éteignait les phares et on ne discerna plus le véhicule. Puis le téléphone de Zineb sonna. Il décrocha. Il y eut quelques mots échangés en arabe. J'avais juste capté le mot de « halouf ». Et je savais très bien ce que cela voulait dire... Le black se tourna vers Aïcha et balança ces mots pour le moins laconiques :
- Il faut sortir.

Aïcha ne pipa mot... Elle me demanda d'attendre que Zineb sorte le premier, qu'il fasse le tour et qu'il m'attende pour me cueillir à ma descente. C'était vraisemblablement ma dernière chance. Rohani n'étant plus avec nous, ils n'étaient plus que deux. C'était une façon très optimiste de voir les choses car le black comptait pour trois... Il avait sorti son poignard. Une épaisse lame de chasse qui étincelait sous les traits du mince croissant de lune. Celle-ci aussi s'était liguée contre moi en se revêtant du symbole que l'on retrouvait dans une quinzaine de drapeaux nationaux, dont l'Algérie, la Turquie, la Tunisie et la Libye...

Dès que j'eus mis le pied à terre je compris que Rohani avait ordonné à Zineb de me zigouiller. Il avait retrouvé sa face hilare. Aïcha s'était reculée de plusieurs mètres. Elle tonitrua :
- Visconti à genou !

Putain je n'allais pas me plier à ça ! Mon cerveau n'eut pas le temps de comprendre ce que mon instinct avait ordonné à mes jambes et à mon corps. Vif, comme un taureau andalou qui avait compris ce qu'on attendait de lui dans l'arène, je pivotai et plongeai tête la première dans le lard du maous costaud. Le type avait des tablettes qui n'étaient pas en chocolat. Je faillis m'assommer sur ses abdos de fer mais la surprise eut du bon. Zineb perdit l'équilibre et il se retrouva le cul par terre. J'étais plus vieux, plus essoufflé mais j'étais surtout le plus motivé... Je fus sur mes jambes avant lui. Je m'attendais à recevoir un pruneau mais à priori l'ordre était de me poignarder. Pour éviter le bruit d'une détonation. Le révolver de la miss était une arme conçue pour assassiner les gens en toute discrétion, avec des balles spéciales qui ne faisaient presque pas de bruit. Je n'avais pas le temps d'approfondir cette subtilité. Le type avait perdu son couteau. Il était par terre entre nous deux. Je fis un pas, les deux poings en avant. J'avais fait de la boxe dans le temps. Dans ma carrière de flic j'avais eu bon nombre de bagarres à mon action. Certes, depuis quelques années, j'évitais ce genre de sport. Mais parfois la vie vous rattrapait.

Zineb ne s'était pas mis en garde. Lui c'était le couteau ou rien. C'était peut-être ma chance. Campé sur mes guibolles je tournai autour de lui, façon Mohammed Ali. Le black avait de nouveau son sourire à la con. Cela avait l'air de l'amuser de me voir tourner en rond autour de lui. Il restait immobile les bras ballants en me regardant et en tournant sur lui-même pour ne pas me perdre du regard. De la sorte, il avait oublié pour un temps son poignard. Il fallait que je me décide à attaquer. Alors, je stoppai, bloquai ma jambe gauche, et je balançai vers le visage de mon adversaire, avec l'énergie du désespoir, un swing forcené. Ce fameux coup de poing circulaire, avec un mouvement pendulaire autour de l'épaule, bras semi-tendu, et qui partit d'assez loin. J'avais joué à la perfection ce coup, dit bâtard, de la boxe à l'emporte-pièce. Zineb prit le beigne sur l'oreille gauche et il fut largement sonné. Profitant de l'effet, tel David contre Goliath, je doublai d'un crochet du gauche en visant les côtes, plus vulnérables, plutôt que le plexus solaire, protégé par ses muscles en béton.

Je vis à sa grimace qu'il avait eu mal. Je ne lui laissai pas le temps de se reprendre et lui balançai un coup dans les parties. Ce n'était pas dans les règles du noble art mais je m'en fichai. Cela me donna le temps de me précipiter et de ramasser le poignard. En me relevant, je cherchai Aïcha du regard mais je ne la vis pas. A peine avais-je eu le temps de m'emparer de la lame que je reçus un autobus sur le coin de la gueule. J'avais tapé fort pourtant mais le Zineb en question pouvait postuler pour les jeux Olympiques de la baston. Dans la seconde, je compris ce qu'avaient dû ressentir, à l'époque, les gringalets, de l'équipe de France de rugby, quand ils se prenaient dans le caisson, le redoutable joueur de légende, néo-zélandais, Jonah Lomo, des All-Blacks, quand il chargeait tel un rhinocéros dévastateur. Mais Visconti ne lâcha pas le couteau. Le cul par terre, amoché, le souffle en perdition, je crus que le combat était fini. Le black pesait une tonne et il m'écrasait de toute sa hargne. Soudain ma main droite eut chaud. Je ne réalisai pas immédiatement pourquoi. Puis je saisis la nuance. Zineb émit un drôle de son, se ramollit soudain et glissa sur le côté sous la poussée de ma main droite, pleine d'un sang rouge-bœuf, qui tenait encore le poignard qui s'était enfoncé dans le ventre de mon assaillant, au moment de la charge. Je ne l'avais pas fait exprès ou bien était-ce encore un pur réflexe de survie qui s'améliorait au cours des années. Ce que certains appelaient l'expérience mois je le nommais simplement la « baraka ».

Avec un air hagard, titubant, je me relevai. Je vis Aïcha qui sortait de la nuit.
- Fallait pas m'asticoter ! dis-je, retrouvant un semblant de lucidité, d'une voix faiblarde.
- Jette le poignard !

Ce que je fis.
- Maintenant c'est toi qui vas finir le boulot ? questionnai-je en m'essuyant ma main ensanglantée sur l'herbe à mes pieds.

- Ce n'est pas moi qui décide ! Je te l'ai déjà dit. Avance vers la voiture là-bas...

Je m'exécutais. Ce n'était plus le moment de jouer au plus futé. J'avais contrarié l'amazone en homicidant leur brute de tueur. François Rohani allait être furax. Avec la nuit, il n'avait pas assisté au combat. Je présumais qu'il n'allait pas perdre de temps pour résoudre la question. Soit c'était lui qui allait me buter, soit il allait ordonner à Aïcha, d'un claquement de doigt, d'appuyer sur la détente du Stechkin. C'était mieux et moins dégueulasse que le poignard... Plus rapide aussi.
A quelques mètres de la voiture, la portière s'ouvrit. Rohani s'avança vers nous furibond. Il beugla :
- Pourquoi viens-tu ici ? J'avais ordonné de rester à l'hélico.

D'un ton placide, la beurette rétorqua :
- Il a tué Zineb ! C'est un coriace...
- Et alors ? Qu'est-ce que tu veux que cela me fasse. Pourquoi tu n'as pas fini le boulot ?
- C'est vous le patron. Vous ne m'avez pas dit de le faire...
- Espèce de femme ! Tue-le et retourne à l'hélico.
- Vous voulez que je le déglingue là-bas ?
- Non ici ! Tout de suite...

Je fus sur le point de me pisser dessus. Mais j'eus la force de me retenir. C'était donc la fin. Cette fois je n'avais plus à me faire de la bile pour mon avenir... Je n'osai pas réclamer la cigarette du condamné. Ce connard de Rohani devait être un non-fumeur. Je m'en serai bien jeté un dernier bien tassé, mais cela aussi c'était exclu.
- Désolé commissaire... Mettez-vous à genoux.

C'était trop bizarre, soudain, cette délicatesse dans la voix de la fille... En pensant à mon petiot, au sourire de ma fille, sa mère, je fis ce qu'elle demandait. Je me laissai tomber sur les cailloux pointus du chemin. Je fermai les yeux avec force. Comme une dernière protection. J'avais déjà vécu ce genre de situation extrême. J'en avais conservé un souvenir brûlant et, à cet instant précis, je n'éprouvai aucune peur. Juste le regret de quitter la vie. Tout avait une fin, même pour le commissaire Visconti...

La détonation fut sèche. Un seul coup.

Puis une galopade. Le bruit d'un moteur. Un deuxième coup de feu suivi de deux autres plus rapprochés. J'ouvris les yeux. J'étais seul sur le chemin. Complètement seul avec ma peur qui me submergea à retardement. Pour le coup, j'eus envie de pisser et je dus faire un sacré effort pour ne pas mouiller le pantalon. Péniblement je me dressai sur mes jambes. Je ne voyais rien sinon, le corps de Rohani, avec un trou entre les deux yeux. Je ne pigeai rien à la situation... Je m'avançai vers la caisse, incrédule.

Aïcha était de l'autre côté. A mon arrivée, je vis ce qu'elle faisait. Elle fouillait le corps d'un homme. A priori c'était le conducteur. Je la rejoignis et elle me dit :

- Désolé pour la comédie !

Je compris qu'elle était de mon côté. C'était elle la maîtresse du jeu et je la laissai faire. Elle abandonna le cadavre du type qu'elle avait abattu. Elle fouillait son portefeuille et elle eut un large sourire. Dieu qu'elle était belle, dans cette pâle clarté diffusée par le plafonnier du SUV Peugeot. Soudain, j'aperçus à l'arrière du véhicule la forme d'un troisième homme. Il avait glissé le long de la banquette. Aïcha m'expliqua en deux mots.

- Garde du corps du juge !

- Quel juge ? J'étais stupéfait...

Elle répondit mais ce n'était pas à moi qu'elle s'adressa.

- C'est bon ! Nous avons l'ordinateur. Vous pouvez rappliquer.

- Tu peux me dire à qui tu causes ? demandai-je de plus en

plus abasourdi par ce qui était en train de se passer.

- A ta ceinture, idiot ! Je cause à ta ceinture.

Perplexe je me penchai vers la boucle de mon ceinturon. Une boucle Lewis que je me coltinais depuis quinze piges...

- Il a quoi mon ceinturon ?

- Un micro... Patricia y a planqué un micro. Pourquoi crois-tu qu'elle t'ait baisé ?

J'avais repris mes esprits. Je lui aboyai dessus :

- OK ! Je te dois certainement la vie mais tu retires ce que tu viens de dire. Tu parles de Patricia qui est morte...

- Tu entends Patricia, il croit que tu es morte. Allez rappliquez tous ! J'en ai marre. J'ai fait mon taf. Je veux qu'on en finisse.

Je fus stupéfait. Ma coéquipière était encore de ce monde. Un monde de merde. Un monde où l'on s'était joué de moi, où l'on avait piétiné mes sentiments, déclenché une culpabilité destructrice, et la cerise sur le gâteau pourri et fétide, où l'on m'avait quasiment fait descendre. Une chance que je ne fusse pas cardiaque. Mais le pire était qu'Aïcha avait raison... Cette salope d'aristocrate avait couché avec moi pour changer la boucle de mon ceinturon. A y regarder de près, elle brillait davantage que l'originale.

Dans la minute qui suivit, une troupe armée surgit de l'ombre. Des gars brandissant des armes lourdes à la hanche, casque de combat et cagoule, gilets pare-balle, boucliers, protège tibias et je me demandais même, s'ils avaient des protèges couilles. Des ninjas, des Rambo. J'essayai de deviner sous les casques s'il n'y avait pas une belle brune aux cheveux courts.

Celle-ci finit par apparaître. Elle passa devant moi, avec un léger sourire, mais ne m'adressa pas la parole. Elle alla tout droit discutailler avec Aïcha... Les trois cadavres furent mis dans des housses noires et enlevés directement. Un civil se mit au volant du SUV et il fila sur le chemin en marche arrière. Un vrai film ! Une fourmilière de soldats, avec des agents du service secret ou de l'antigang terroriste.

Aïcha revint vers moi. Patricia semblait trop occupée pour s'intéresser à moi.

- Tu peux me tuyauter sur ce qui s'est passé ? dis-je

- Tu as servi de chèvre, depuis le départ !

- De quoi ?

- On t'a manipulé... Tu comprends ? On avait besoin d'un balourd qui mette les pieds dans le plat. Pour cela il fallait te motiver. Ceux qui tirent les ficelles connaissent ton penchant pour les femmes. Et ils t'ont offert une aventure sentimentale pour te l'enlever aussitôt afin de déclencher ta colère. Patricia est une experte dans ce genre d'opération. N'essaye pas de lui demander des explications... Tu serais déçu. D'ailleurs tu vois bien que pour elle, tu comptes pour du beurre.

- Et toi tu fais partie aussi de la DGSI ?

- Non ! Je bosse pour eux... Je suis une militante mercenaire. J'infiltre les radicaux pour la bonne cause mais je fais raquer au maximum les instances officielles. Je n'ai pas confiance dans leur système de retraite pour des gens comme moi.

- Toi, tu couches pour avoir des confidences sur l'oreiller ?

- Oui ! Même si ce n'est pas agréable toujours.

- Jalil est-il des leurs ?

- Non ! Je ne crois pas... C'est un sacré con, mais c'est un musulman modéré.

- Et Albert Rochefort ?

- Il faisait partie de la DGSI et c'est pour cette raison qu'il a été assassiné. C'est Rohani qui m'a ordonné de l'approcher. Je n'ai pas eu le choix si je voulais rester crédible. Rochefort avait prétexté un retour sur le terrain pour convaincre Rohani de bosser sur le tanker. En réalité, il cherchait à découvrir l'identité des hommes infiltrés par le directeur de la COPOLD. Il a été trop zélé et il a payé le prix fort. Je n'ai rien vu venir. Pareil pour le capitaine Salaberry. Il avait fichu les jetons à Rohani. Il avait vu juste au sujet de la visite sur la plateforme. On m'a demandé alors de régler le problème. J'ai proposé de

l'enlever, le temps de mettre à exécution le plan... Rohani voulait éviter un deuxième meurtre. Tuer un flic cela ne lui déplaisait pas mais il préférait éviter les vagues. Du coup, j'avais ordonné qu'on garde le capitaine Salaberry enfermé jusqu'à l'attentat. Mais les deux enfoirés l'ont battu à mort.
- Et le lieutenant Bonhoure ?

Aïcha eut un sourire entendu. Elle me confia :
- C'est un bon baiseur... Il me fallait un alibi pour continuer à bosser. Par contre, ce petit merdeux s'est laissé corrompre très facilement. Il a pris les billets et il va être dans tous ses états quand il va savoir que l'affaire a été résolue.
- Il va passer en commission et être largué de la police, dis-je. C'est dommage pour lui !
- Tu es trop naïf commissaire... Il va garder le pognon mais ils vont le recruter... Ils ont besoin de jeunes policiers avides pour faire certaines besognes. Il a de l'avenir...
- Qui c'est le juge ?
- Le juge de l'application des peines. C'est lui qui a pesé lourd pour libérer les deux crapules... On n'avait pas pensé à lui. Mais on a tout fait pour qu'il se découvre.
- Vous avez l'ordinateur ?
- Oui ! On va savoir qui sont les types qui doivent passer à l'acte. D'ici quelques heures, il va y avoir une intervention sur le tanker. Les hélicoptères font chauffer leurs moteurs.
- Dernière question avant que tu t'en ailles ? Pourquoi les deux tarés ont-ils fabriqué cette mise en scène macabre avec le corps de Rochefort.
- Tu l'as ta réponse... C'étaient deux tarés. Allez bon vent, toi et ton oiseau. La prochaine fois, méfie-toi des femmes qui couchent trop vite...

La jeune femme s'approcha et m'offrit un rapide baiser sur ma joue râpeuse avant de disparaitre dans la nuit. Je jetai un œil déçu vers Patricia qui me tournait le dos. En catimini je m'esbignai sur le chemin. Je me perdis dans la nuit en laissant derrière moi toute cette agitation. Plus loin je trouvai plusieurs voitures banalisées. Il y en avait une qui avait les clefs. Je m'y installai. Je voulais retourner au château pour récupérer mon Manurhin et le Derringer qui étaient restés sur le pieu. Aïcha m'avait rendu mon téléphone.

A l'embranchement qui donnait sur la départementale, deux agents m'arrêtèrent.

- Je suis le commissaire Visconti. J'ai un truc à régler.

Les bougres n'insistèrent pas. Je roulai sur le bitume. Jamais je n'avais été aussi déçu par quelqu'un. Une averse éclata qui balaya le parebrise. Cette pluie qui ne s'arrêtait jamais ! Je mis les essuie-glaces. Soudain mon piaf fit son apparition. Mais c'était un tout petit piaf, avec quelques plumes et un petit bec ocre. Il était inconsistant. Une réplique d'un piaf, à peine une image. Il était posé sur le volant. Il me dit :

Tu *croyais que tu étais important à leurs yeux... Ils se sont bien foutus de ta gueule...*

- J'en ai résolu pourtant des affaires. Je pensai qu'ils avaient un peu d'estime pour moi...

Tu n'es qu'un pauvre fou qu'ils utilisent sur l'échiquier de leur carrière. Quand ils t'ont attribué ce poste, de chef d'un groupe virtuel, ils avaient déjà cela en tête, tu peux me croire, mon petit commissaire...

- Je crois que tu as raison. Je m'en suis toujours sorti parce que j'ai quelques amis...

Je pensai à Frédéric Costessec, Magali Sendker, le lieutenant Michel, du commissariat de l'Embouchure à Toulouse, plus quelques autres, comme Isabelle Zancarini, capitaine à la criminelle de Marseille.

Oui tu as quelques amis... Mais veux-tu une vérité avant que je m'envole de ta nuit.

- Oui bien sûr !

On n'est jamais reconnu par les siens. Fourre-toi cela dans le crâne !

Et l'image de l'oiseau se dilua... Je continuai à conduire en méditant sur sa dernière phrase. L'oiseau avait juste oublié de me dire que la seule reconnaissance que j'attendais était celle d'une belle femme qui viendrait, peut-être, un jour, partager ma solitude, à l'intérieur d'une petite maison blanche, au bord d'une rivière galopante.

Le temps du vol de l'hélicoptère de François Rohani avait été d'une vingtaine de minutes. Mais je n'avais aucune idée dans quel zone géographique nous nous étions posés. Le véhicule que j'avais emprunté ne disposait pas de GPS. J'avais oublié que mon téléphone en avait un. Je me contentai donc de rouler au hasard en espérant trouver un panneau de signalisation. En France, s'il y avait quelque chose qui fonctionnait à merveille, c'était bien ça.

Cependant, en conduisant, mes neurones se remirent dans le droit chemin. Il y avait un truc qui turlupinait le flic que j'étais. Pourquoi, François Rohani, le Juge des remises de peine dont j'ignorais encore le nom, et son garde-du corps avaient-ils été abattus froidement par cette mercenaire militante, telle qu'elle se décrivait ? Rohani était devant nous, à deux trois mètres et il n'avait pas d'arme. Au lieu de faire ce simulacre ridicule en me demandant de me mettre à genoux, elle aurait très bien pu l'arrêter, demander que la troupe intervienne plus vite, afin de capturer tout le monde vivant. Là-dessus, l'oiseau revint sur le volant.

Toujours aussi bêtasse ma poule ! Pourquoi crois-tu que la DGSI et tout le toutim emploient une tueuse ? Pour éradiquer ces types qui gangrènent nos fondamentaux républicains.
- Et tu trouves cela républicain de les descendre ?
La république est comme vous autres les humains... Elle est salement hypocrite. Les pontes ne veulent pas de procès pour que le public n'apprenne pas qu'il existe des radicaux infiltrés depuis des décennies dans toutes les branches de notre société. Voilà pourquoi, en toute illégalité, ces messieurs ont eu l'idée

de faire appel à un pauvre fou de commissaire aux méthodes particulières, et à une tueuse à gage, appelons-là de cette façon, c'est plus honnête...

Le piaf avait raison. Puis je tombais sur un rond-point avec un panneau qui indiquait Biarritz. Je fouillai dans la boite à gants. C'était vraiment mon jour de chance. Il y avait un paquet de Marlboro avec la photo d'un type en train de crever sur un lit d'hôpital. Fallait-être sacrément con pour croire que de telles images allaient stopper les fumeurs. La clope me revigora le mental. Je récupérai mes deux armes et mon Laguiole après avoir escaladé pour la seconde fois le portail du château. Puis je mis le cap sur Bayonne. Retour au camping. J'étais naze.
Je restais deux jours supplémentaires au commissariat à me taper de la paperasse. Le commissaire divisionnaire avait pris une semaine de congé. Aïcha avait dû lui signifier que leur relation était finie, et il devait être dans ses petits souliers. Puis je pliais bagage et m'en allais au volant de mon van California et la Yamaha correctement arrimée sur la remorque.

De retour en Camargue, je repris ma vie avec une crève qui me tint couché plusieurs jours. J'avais attrapé un virus, une saleté qui s'appelait l'amertume. Sur mon bureau, il y avait une lettre, que je n'avais pas encore envoyée. Une lettre bien appuyée où je disais mes quatre vérités à mon commissaire divisionnaire à Paname, avant de lui signifier ma décision de rendre ma carte de flic.

Puis le quotidien reprit tout doucement. En Camargue il ne pleuvait pas comme au pays basque. Il faisait soleil.

FIN

DU MEME AUTEUR

DANS LA SERIE (POLARS) « PUTAIN D'OISEAU »

La naissance d'un commissaire. Tome 1, aux éditions Encre bleue
La naissance d'un commissaire Tome 1, Texte intégral, aux éditions Bod Librairie
Les flèches dans le cœur. Tome 2, aux éditions Bod Librairie
Le clodo des Carmes Tome 3, aux éditions Cairn
L'assassin de la Retirada Tome 4, aux éditions Cairn
Meurtres sur le Nil Tome 5, aux éditions Bod Librairie
La haine invisible Tome 6, aux éditions Bod Librairie

AUX EDITIONS BOD LIBRAIRIE

SF ET FANTASTIQUE
Martix l'humain et Martix la mécanique.
La 403.
Les cinq mains de Dieu.
Les sorciers de Tinerghir.
Le dernier des adultes.

ROMAN
Mirida et le collier de l'existence.

NOUVELLES
Entre Matabiau et Saint-Sernin.

CHANSONS ET POESIES
L'amour fou ou la mort du fou.

JEUNESSE
Pepette la mouchette.
Illustrations de l'auteur